MENSONGES SUBLIMES

BEAUTÉS BRISÉES

STASIA BLACK
ALTA HENSLEY

Traduit par Sophie Troff

BULLETIN

Pour rester informé de l'actualité et des ventes de livres, abonnez-vous à la newsletter française de Stasia (https://www.subscribepage.com/stasiablackfrenchnewsletter) et à la newsletter française de Alta (https://readerlinks.com/l/1804125).

L'ORDRE DU FANTÔME D'ARGENT
Requiert l'honneur de votre présence

~

M. SULLIVAN VANDOREN

~

Aux préliminaires de la cérémonie des *Épreuves d'Initiation*

SAMEDI 18 JANVIER
À minuit et demi

MANOIR DES OLÉANDRES
109 chemin des Oléandres

Présence obligatoire

CHAPITRE 1

Sully VanDoren

Il faisait trop beau pour enterrer un mort.

Le temps devrait être pluvieux, le ciel couvert, paysage cliché des funérailles classiques. Au lieu de cela, la luminosité du ciel bleu azur menaçait de révéler les ombres noires qui peuplaient nos âmes. Et je parle bien de *toutes* nos âmes. Il n'y avait pas une seule personne innocente autour de la tombe de mon père, sauf peut-être ma petite sœur Jasmine. Mais étant donné les années à fréquenter la haute société riche et pourrie... elle aussi était condamnée.

La fortune ancestrale, les secrets du Sud et les bonnes manières, n'étaient rien d'autre que des poisons qui allaient tous nous détruire.

Les rayons du soleil qui filtraient à travers les grands saules pleureurs nous obligeaient à plisser les yeux, ce qui était approprié à la situation. Nous nous tenions le dos raide et l'humeur amère pour faire nos adieux à un homme que nous connaissions à peine. Nous n'étions que des étrangers baignés dans une odeur de fleurs de magnolia et de sueur moite, un festin pour les moustiques qui se régalaient du sang bleu de la noblesse nourrie à la cuillère en argent.

– Quand je marche dans la vallée de l'ombre de la mort, je ne crains aucun mal, récitait le pasteur comme il l'avait fait un million de fois dans sa morbide carrière.

Mais nous *devrions* craindre le mal.

C'est le problème de tous ces individus dans leur costume noir griffé et leur robe ridiculement chère. Ils ne craignent rien, car ils se sentent invincibles. Ils se croient à l'abri de la souffrance et de la misère simplement parce qu'ils sont riches.

Oui, je marche certainement dans l'ombre de la mort. Chacun de mes pas est un pas de plus vers la perte de la personne que j'étais autrefois. Je ne serai bientôt plus qu'une coquille vide... tout comme mon père.

Ma sœur m'a pris la main et l'a serrée fort. Tous ceux qui nous observaient ont dû y voir un geste de réconfort fraternel. Mais la vérité, c'est que Jasmine me retenait. Elle savait que je ne voulais pas être là. Elle savait que je voulais m'en aller et ne plus jamais revenir. Elle savait que je ne ressentais rien d'autre que de la haine et du mépris. Pour une adolescente, elle était plus perspicace et lucide que tous ces trouducs narcissiques qui prétendaient être les amis de mon père.

J'étais là pour elle, et seulement pour elle, et Dieu merci, elle me l'a rappelé avant que je me carapate. Ma détermination s'affaiblissait à chaque mot de l'éloge funèbre du pasteur.

Ma mère se tenait de l'autre côté de Jasmine, stoïque dans sa robe noire qui coûtait probablement un bras. C'était son heure de gloire. Sa chance de jouer le rôle de la veuve éplorée qu'elle avait sans doute répété mentalement plusieurs fois pour s'assurer de le jouer à la perfection aujourd'hui. Elle se tamponnait les yeux, mais je savais que c'était pour la galerie.

Nul ne ressentait la moindre tristesse en ce jour.

Bien que je puisse me tromper...

Il y avait peut-être une maîtresse ou deux autour du cercueil qui pleuraient sincèrement... pleuraient leur gagne-pain, je veux dire.

Ce n'était pas comme si nous n'avions pas vu cette mort arriver. Mon père se mourait depuis longtemps, par sa propre faute. On ne peut pas fumer des cigares tous les jours, boire du whisky comme de l'eau, prendre des pilules pour faire de beaux rêves et s'attendre à ce que le cancer ne vous ronge pas de l'intérieur. Ses entrailles se sont réellement intoxiquées du jour où il est devenu un homme aux yeux de notre société et a repris l'usine familiale de production sidérurgique.

Et maintenant, c'était mon tour.

On attendait la même chose de moi.

Aujourd'hui, alors qu'ils descendaient le cercueil de mon père dans la terre, on attendait de moi que je vende mon âme au diable. Je devais être intronisé dans une société secrète pour conserver l'entreprise familiale et la fortune associée.

L'Ordre du fantôme d'argent m'attendait.

Mon Initiation devait débuter ce soir.

Mes épreuves d'Initiation.

Même si je venais d'enterrer mon père... l'Ordre n'octroyait aucun répit.

– J'espère qu'ils ont tout préparé pour la veillée maintenant, dit ma mère alors que nous étions assis dans la limousine menant le cortège jusqu'à la maison. Elle a essoré son mouchoir blanc et dardé les yeux d'une fenêtre à l'autre.

Maintenant que ton père est parti, poursuivit-elle, le personnel se relâche. Je n'ai jamais gouverné d'une main de fer comme lui, et ils le savent.

– Je suis sûre que tout ira bien, maman, murmura Jasmine en tapotant la cuisse frêle de ma mère.

– J'ai demandé spécifiquement des tartes au citron. Votre père les adorait. Mais je ne l'ai pas rappelé à Mme Cooper ce matin, et vous savez comme sa mémoire se détériore.

– Je lui ai rappelé, la rassura Jasmine. Il y aura des tartes au citron, et tout sera prêt pour la veillée. Ne t'inquiète pas, maman.

– Oui, Dieu nous préserve de ne pas avoir de tartes au citron, marmonnai-je en tentant d'atteindre la bouteille de vodka et le gobelet qui se trouvaient dans la limousine.

Mon prénom a dégouliné sur la langue de ma mère pour marquer sa désapprobation.

– Sully... Penses-tu vraiment qu'il soit raisonnable de boire si tôt ?

– Je viens d'enterrer mon père. Je pense avoir droit à un verre, merci beaucoup.

Juste pour lui prouver, j'ai rempli le gobelet à ras bord de vodka.

– Surtout avec ce qui t'attend, poursuivit-elle en serrant son mouchoir devant ses lèvres pincées. Tu as des... (elle a baissé la voix pour que le chauffeur ne puisse pas l'entendre et l'accuser de révéler un secret ancestral et sacré.) Des *fiançailles* très importantes ce soir.

– Oui, mère. J'ai pleinement conscience de mes *fiançailles* qui ont lieu ce soir.

– Alors, tu crois que c'est une bonne idée de boire ? J'aurais cru que tu voudrais rester lucide et distingué.

J'ai ricané en avalant une rasade de vodka. J'ai gardé le

liquide dans ma bouche plus longtemps que la normale pour sentir la brûlure.

– Distingué ? Est-ce ainsi que tu qualifies l'initiation rituelle, barbare et perverse pour faire partie d'une société secrète qui aurait dû s'éteindre il y a longtemps ?

Ma sœur m'a pris la main et l'a serrée comme pour me réprimander en silence.

– Il est temps que tu fasses tes preuves et que tu sois l'homme de la famille, Sully, dit ma mère en fronçant les sourcils face au verre de vodka. Comme ton père est parti...

– Je sais exactement ce qui doit se passer maintenant que mon père est parti, la coupai-je. Ça ne veut pas dire que ce n'est pas pervers.

Jasmine m'a serré la main de nouveau. Nous avions été élevés pour ne pas dire de gros mots, ne pas manquer de respect à nos aînés, et franchement... ne pas penser par nous-mêmes. Donc, je savais que la tournure de la conversation devait la mettre mal à l'aise.

– Ce qui est *pervers*, reprit ma mère, répétant le mot avec une certaine élégance, c'est ton refus d'accepter qui tu es. Ce à quoi te prédestine ta naissance. Tu t'es toujours rebellé, et je n'arrive pas à comprendre pourquoi. Quand tu t'es enfui en Californie, j'ai pensé que ce ne serait qu'une question de temps pour que tu réalises tout ce que tu laissais derrière toi en Géorgie. (Elle a regardé par la fenêtre les grandes demeures aux jardins soignés typiques de Darlington, ville que j'exécrais.) Mais quoi qu'il en soit, tu es revenu à la maison maintenant, et il est temps que tu passes à la vitesse supérieure.

– Même si ce n'est pas ce que je veux faire ? demandai-je en buvant une autre gorgée d'alcool.

– Quel autre choix as-tu ? rétorqua-t-elle en tournant vers moi son visage rouge et son regard excédé. (Elle devrait faire attention. Toutes ces expressions outrées l'obligeront à faire des injections de botox plus tôt que prévu.) Tu veux qu'on perde tout ? Tu veux qu'on perde l'usine ? La maison ? Tout notre argent ? Tu ne seras satisfait que lorsque ta sœur et moi nous retrouverons à la rue sans le sou ? Cela te rendra-t-il enfin heureux ?

– Non, ce n'est pas ce que je veux. C'est la seule raison pour laquelle je suis ici.

Elle s'est tournée vers la fenêtre de nouveau.

– Oui, je sais. L'argent n'a pas d'importance pour toi, mais il en a pour nous. Ta sœur devra arrêter ses études à l'académie de Darlington, et on devra renoncer à tous nos biens. Si tu ne fais pas cette initiation et ne deviens pas un membre de l'Ordre, alors on perdra tout ce que ton père, et son père, et son père et ainsi de suite ont travaillé si dur pour construire.

– Je n'ai pas besoin que tu me rappelles ce qui est en jeu, dis-je. Mais t'es-tu jamais demandé si c'est ce que je veux ? Je ne veux pas de cette entreprise. Je ne veux pas être coincé ici et la diriger. Je ne veux pas que ma vie devienne cette prison.

– Mais moi, je le veux, intervint Jasmine. Je sais que tu as toujours détesté ce que faisait papa, mais… je veux que l'entreprise Van Doren lui survive. Je ne peux pas en hériter comme toi, mais je la veux. Alors si tu ne le fais pas pour toi, fais-le pour moi.

Ma sœur ne m'a jamais rien demandé. Du moins à part toutes les fois où elle m'a supplié de m'entendre avec nos parents. Jasmine ne ressemblait à personne. Elle était bienveillante, innocente ; un cœur pur. Même adolescente, elle n'avait pas perdu cette part d'elle qui me faisait l'aimer autant. Alors, pour que Jasmine s'exprime, je devais me taire et l'écouter.

– Je comprends que tu ne veux pas faire partie de l'Ordre, déclara-t-elle de sa voix calme et apaisante. Je ne peux même pas imaginer ce que tu vas devoir subir. Si les rumeurs sont vraies... eh bien, je ne te reproche pas de ne pas vouloir en faire partie. (Notre mère a ouvert la bouche pour intervenir, mais Jasmine a levé la main pour la faire taire.) Mais maman a raison. Il faudra repartir de zéro si tu ne réussis pas ces épreuves. L'entreprise ne peut être transmise qu'à un membre de l'Ordre et au premier né de sexe masculin. Et la maison, nos biens, tout est lié et contrôlé par l'entreprise. Mon héritage ne durerait pas longtemps. (Elle a inspiré à fond et regardé par la fenêtre un bref instant.) Ce n'est pas seulement une question d'argent, Sully. Je veux garder l'entreprise familiale. Ça signifie beaucoup pour moi. S'il te plaît.

– Je sais, dis-je calmement, en essayant d'adoucir ma colère. C'est pourquoi je suis revenu de Californie. Et même si je déteste ça, c'est pour ça que je vais passer l'initiation. (J'ai regardé Jasmine droit dans les yeux pour qu'elle voie à quel point j'étais sérieux et engagé.) Je vais le faire pour toi.

CHAPITRE 2

S<small>ULLY</small>

L<small>E</small> M<small>ANOIR DES</small> O<small>LÉANDRES</small>.

Ma nouvelle maison pour les cent neuf prochains jours.

Opulence, richesse et une histoire si lourde de secrets inavouables que l'on pouvait entendre, aujourd'hui encore, les pas de nos ancêtres rôder dans les pièces. Enfant, j'aimais ce domaine jusqu'à ce que j'apprenne à le détester. C'était un endroit privilégié où mon père m'emmenait à l'époque où je pensais qu'il marchait sur l'eau. J'y avais des amis, avec qui je jouais pendant qu'il traitait ses affaires. Tout semblait normal... en apparence.

Mais sous les eaux troubles d'une société ouverte uniquement aux rois de Géorgie se tapissait le mal absolu. Impossible de maquiller cette réalité.

En quelques heures, je suis passé du noir intégral au blanc intégral. Je détestais le smoking blanc, la tenue exigée pour la soirée. En fait, je détestais les smokings. Je préférais de loin les jeans élimés et les chemises en coton. Quand j'étais obligé de porter un smoking ou un costume griffé, j'avais l'impression d'être une poupée Ken bien sapée, et rien de plus.

– Ça m'étonne que tu aies accepté les Épreuves d'Initiation, dit Montgomery Kingston en s'approchant avec deux verres à la main ; il m'en a tendu un en souriant.

Il portait la cape argentée réservée aux seuls membres de l'Ordre du fantôme d'argent, et c'était étrange de penser que, bien qu'il soit mon ami, il n'était plus tout à fait comme moi. Il avait achevé son Initiation. C'était désormais un membre à part entière de l'Ordre.

– Je m'attendais à ce que tu fasses faux bond, ajouta-t-il.

– Si je pouvais être ailleurs, je ne serais pas là, dis-je en appréciant le supplément de courage fourni par l'alcool. Des conseils pour survivre à ce calvaire que tu viens d'endurer ?

– Ne compte pas les jours, parce que crois-moi, cent neuf jours, c'est sacrément long, répondit Montgomery. Et je ne te dis pas de tomber amoureux de la fille qui sera ta partenaire au point de vouloir l'épouser, comme moi avec ma reine du bal, mais vous devez bien vous entendre. Vous formerez une équipe, que ça vous plaise ou non. C'est le seul moyen de réussir ces épreuves. Et crois-moi, certaines sont plus que brutales.

– Ça m'étonnerait que ça m'arrive. Soyons réalistes, tu as eu de la chance avec Grace. Tu sais aussi bien que moi que ces filles ne sont rien d'autre que des putains hors de prix. Elles sont là pour prendre un max de pognon, c'est tout.

Montgomery a haussé les épaules.

– On peut dire la même chose de nous, mec. Simple question de point de vue.

Le reste de nos amis et futures recrues nous ont rejoints aux alentours de minuit. Tous savaient que je n'étais pas un grand fan de Darlington, du Manoir des Oléandres, de l'Ordre du fantôme d'argent et de ce genre de sauterie.

Mais j'aimais bien ces gars. Nous partagions la même histoire et avions grandi côte à côte. Nous marchions chacun à notre rythme, mais je savais qu'au fond d'eux-mêmes, c'étaient des gars bien. Puisque je devais faire cette Initiation, j'étais heureux de ne pas y aller complètement seul. Montgomery Kingston, Beau Radcliffe, Rafe Jackson, Walker St. Claire, et Emmett Washington étaient un peu les frères que je n'aurais jamais.

– T'es prêt ? demanda Rafe.

J'ai haussé les épaules. Je pouvais continuer de râler ou bien prendre le taureau par les cornes. J'étais presque sûr que les gars en avaient marre de mon attitude excédée et n'avaient pas envie ni besoin de m'entendre encore pester.

– On doit tous y passer, dis-je en terminant mon verre et en le posant sur une table voisine.

– Ça fait quoi d'être membre de l'Ordre ? demanda Emmett à Montgomery.

– Bizarre, répondit-il. Honnêtement, ça ne change pas grand-chose sinon que je n'ai plus à subir tout ce cirque et ces épreuves pour arriver où je suis aujourd'hui. Et je sais que ma présence est exigée à tous les événements à partir de maintenant, ce qui franchement ne m'enchante pas. Je n'ai pas du tout envie de participer aux épreuves de Sully. Ça craint que je sois obligé d'en être témoin. Mais c'est comme ça. Le prix à payer, je suppose.

– Ne deviens pas comme ces monstres, dis-je en observant attentivement l'horloge à balancier blanche qui trônait dans la salle de bal immaculée. Tu n'es pas encore un Ancien, mais quand même. Ne les imite pas.

– Jamais, déclara fermement Montgomery. Je ne deviendrai pas mon père. Je ne répéterai pas l'histoire. Cet

Ordre a besoin d'être modernisé et j'espère qu'une fois qu'on sera tous membres, on pourra contribuer à le réformer.

Notre conversation a été interrompue quand minuit a sonné. Le gong familier des douze coups a résonné dans la salle, accompagné par les Anciens et leurs cannes. À chaque carillon de l'heure, les cannes frappaient en cadence le sol en marbre blanc.

– Faites entrer les reines du bal, tonna l'un des Anciens après le douzième coup de sa canne.

Les recrues se sont alignées avec moi au centre de la salle, comme nous l'avions fait lors de l'Initiation de Montgomery. Ce dernier a rejoint le rang des membres drapés de leurs inquiétantes capes argentées. Je me suis mis au garde-à-vous et j'ai attendu. Au moins, je savais à quoi m'attendre et je ne naviguais pas à vue pour l'instant.

Le silence a été rompu par l'entrée des reines du bal dans la salle et le claquement de leurs talons.

Vingt jeunes femmes.

Vingt mensonges sublimes alignés face à moi.

En entrant dans la salle, elles ont formé un seul rang. On aurait dit une version tordue d'un concours de Miss Univers. Les candidates exposées aux regards. Espérant toutes être choisies.

Les robes longues multicolores et fluides semblaient éclipser ces femmes. Elles n'étaient pas plus à leur place dans ces étoffes luxueuses que je ne l'étais dans mon smoking blanc, et leur malaise était perceptible. Nous étions déguisés, entourés d'hommes en cape argentée, et tout le monde pouvait le lire dans leur regard, leur posture et le respirer dans l'air.

Elles n'étaient pas à leur place et le savaient. Elles priaient juste pour qu'on ne le remarque pas si elles étaient bien habillées et jouaient leur rôle. Mais l'odeur qu'elles dégageaient les trahissait...

La peur avait une odeur nauséabonde.

– Faites défiler les reines du bal, ordonna l'Ancien d'un coup de canne.

Un autre Ancien a lancé la procession des reines en menant le cortège en file indienne à travers la salle de bal. Il les a fait défiler devant les Anciens encapuchonnés d'abord, puis devant les membres, et enfin devant nous.

Elles ont répété le numéro trois fois, faisant le tour de la pièce comme une parade de soldats obéissant aux ordres, même si les uniformes militaires avaient été remplacés par des robes de bal portées par les authentiques belles du Sud.

Sauf qu'il s'agissait de fausses belles du Sud. Des menteuses. Certaines de ces filles ne savaient même pas marcher sur des talons hauts. Des poissons hors de l'eau.

– Sullivan Van Doren, tonna l'Ancien alors que les filles s'alignaient de nouveau devant nous, qui étions restés les spectateurs immobiles de la parade. Le moment est venu de choisir la reine du bal.

L'Ancien qui avait mené le cortège des reines s'est approché de moi et a ouvert le poing. Sa paume renfermait un ruban de satin noir.

Je n'avais besoin d'aucune instruction pour savoir quoi faire ensuite, car ce rituel était clairement exposé dans le livre qui gouvernait chacune de nos respirations. Et puis, j'avais vu Montgomery se voir offrir le même ruban noir il n'y a pas si longtemps.

J'ai pris le ruban en luttant pour ne pas lever les yeux au ciel et leur dire d'aller se faire foutre. Puis je me suis avancé vers le rang de reines du bal et j'ai entamé le fameux « toucher des perles ».

Je devais m'approcher de chaque fille et toucher brièvement le collier de perles qu'elles portaient toutes. Je devais en faire un spectacle. Ajouter un peu de saveur et de piment au rituel.

On attendait que je prenne cette cérémonie au sérieux. Je choisissais la reine qui allait changer à jamais ma vie. J'étais censé honorer et estimer ce moment du « toucher des perles » comme si c'était l'un des actes les plus importants de ma vie.

Mais soyons réalistes. Une putain est une putain, quelle que soit la couleur de la robe qu'elle porte pour dissimuler cette réalité.

J'ai rapidement rejoint le rang de filles et touché les perles pour que les Anciens ne puissent pas me prendre en défaut, et échouer à mon Initiation avant même qu'elle ait réellement commencé.

Ensuite, je me suis reculé et j'ai observé les jeunes femmes. Elles guettaient mes moindres mouvements, et franchement, elles se ressemblaient toutes. De jolis minois, des yeux pleins d'espoir, des poupées maquillées aux cils allongés, cheveux laqués, ongles vernis et tout ce que je détestais.

La fausse beauté.

Si j'étais entré dans un bar et qu'on m'avait présenté ces filles, je serais reparti seul, ou peut-être que j'aurais levé la barmaid parce qu'au moins, elle serait authentique. Mais cette option n'existait pas ce soir, et je devais en choisir une.

– Sully Van Doren, tu dois choisir ta reine, s'impatienta un Ancien avec un coup de canne.

Au moins, il ne m'appelait pas « Sullivan », ce que je détestais, putain.

Bon, très bien. Laquelle de ces dames était la plus méritante ? Qui incarnait le modèle prôné par l'Ordre et notre noble société de connards friqués et de princesses ? Je devais choisir une figure emblématique pour être le fils prodige.

Je devais choisir la fille aux antipodes de celle que je choisirais dans la vraie vie, juste pour me rappeler constamment que ce cauchemar de cinglés n'était pas normal, et que ce n'était qu'un prétexte... un jeu malsain. Alors je jouerais leur jeu.

Laissez-moi trouver ma Barbie puisque j'étais leur Ken.

Grâce à mon sens de l'humour un peu limite, j'ai pris du plaisir à balayer de nouveau la rangée de jeunes femmes en concentrant mon attention sur celle incarnant la beauté typique du Sud. De longs cheveux blonds, des yeux bleus aux cils épais, des lèvres boudeuses avec un rouge à lèvres pêche qui luisait sous l'éclairage des lustres, et pour couronner le tout... elle portait une robe rose. Oui, elle était le modèle parfait de la pêche juteuse de Géorgie.

Ma mère serait tellement fière.

En l'examinant de la tête aux pieds, j'en suis aussi arrivé à une conclusion capitale.

Je pourrais la baiser.

En fait, je pourrais même en tirer un certain plaisir, car elle avait un corps de rêve.

Sans perdre de temps, je me suis approché d'elle et j'ai planté mon regard dans le sien.

Elle l'a soutenu et a raidi sa colonne vertébrale, prenant de plus en plus d'assurance. Elle a froncé les sourcils et j'ai vu sa mâchoire se serrer.

C'était comme si elle me défiait en silence... oui, c'est le sentiment que j'ai eu. Elle ne souriait pas, n'était pas intimidée. Elle n'a pas battu des cils, ne s'est pas léché les lèvres. Non... je l'exaspérais en l'examinant comme un morceau de viande.

Je te mets au défi, enfoiré.

D'accord, salope.

Chiche.

Chiche.

J'ai arraché le collier de perles sans me soucier de les répandre au sol. Elle a plissé les yeux, mais n'a pas bronché ni montré d'autres émotions que la défiance.

Briser le collier de perles. Un acte pour montrer à quel point il était facile pour l'Ordre du fantôme d'argent de donner des richesses pour ensuite les reprendre. Ce que vous pensiez acquis pouvait vous être enlevé avec une grande facilité. Mais dans mon cas... c'était aussi pour montrer à cette fille que j'avais le pouvoir.

Pas elle.

Elle avait intérêt à l'intégrer rapidement.

Ne voulant plus jouer à ce jeu malsain sous le regard des Anciens, j'ai remplacé le collier de perles qui était à son cou par le ruban noir. Sans la quitter des yeux, je l'ai enroulé autour de sa gorge et j'ai serré... plus fort que quiconque le ferait en temps normal. En fait, j'ai eu beaucoup de plaisir à tirer sur ce ruban jusqu'à ce que ses yeux plissés s'arrondissent.

C'était mon avertissement.

Montgomery m'a dit qu'il fallait trouver une coéquipière pour tenir pendant les cent neuf jours, mais je n'ai jamais su écouter les conseils. Je n'étais pas comme les autres. Je considérais cette Initiation comme une déclaration de guerre.

Il n'y aurait pas de *nous*.

Seulement *moi*.

J'étais le Général et cette petite Barbie serait mon soldat. Pour son bien, elle avait intérêt à filer doux et obéir à mes ordres. Je n'aurais certainement aucun problème à lui donner une leçon si elle me résistait.

Tout en resserrant le ruban autour de son cou, j'ai entendu :

– Sully Van Doren, as-tu choisi ta reine pour les Épreuves d'Initiation ?

Je me suis éloigné de quelques pas de la reine du bal en rose, et j'ai hoché la tête.

– Mon choix est fait.

CHAPITRE 3

PORTIA

QUAND L'INVITATION est arrivée avant-hier à la porte de notre mobile home familial délabré, j'ai pensé qu'elle était envoyée par Dieu, ses anges et tous les saints.

J'ai toujours été optimiste. Étant l'aînée de quatre filles, avec à peine un dollar à se partager certains jours, je devais l'être, sinon je serais devenue folle.

Quand une porte se ferme, une fenêtre s'ouvre quelque part, non ?

Et me voici maintenant alignée avec dix-neuf autres beautés vibrantes d'espoir derrière une lourde porte en acajou, à attendre ce que j'espérais être une expérience qui allait changer ma vie.

Je jetais des regards furtifs autour de moi. Toutes les filles étaient magnifiques. Maquillage et coiffure impeccables, robe tombant à la perfection. Lèvres brillantes et pulpeuses. Battements de cils séducteurs, comme si elles s'étaient entraînées.

J'avais les nerfs à vif. Étais-je la plus jolie ici ? Je n'en avais aucune idée. On m'avait déjà complimentée sur mon physique. Mais je ne savais pas si c'était juste parce que j'étais blonde aux yeux bleus ou si c'était parce que certains me trouvaient réellement jolie. Quelques-uns de mes professeurs m'avaient dit que je devrais faire des concours de beauté, mais bien sûr, nous n'avons jamais eu l'argent pour cela, et maman était toujours souffrante de toute façon.

Mais qu'allait penser de moi ce mystérieux « Initié » ? Chercherait-il au-delà des visages poudrés à deviner notre être intérieur ?

J'ai ricané en silence. Je rêvais ou quoi ? Tous les mecs que j'avais connus jugeaient les filles uniquement sur le physique. Que disait-on déjà ? Ah oui, qu'un homme jugeait une femme dans les premières cinq secondes, qu'elle lui plaise ou non. J'y croyais.

J'étais arrivée il y a plusieurs heures, vêtue de la superbe robe de princesse déposée à notre mobile home, et maquillée par mes trois sœurs.

Mme Hawthorne m'a accueillie à la porte. Elle m'a regardée de haut en bas, puis a hoché la tête en signe d'approbation. Merci à ma sœur Tanya et à son fabuleux talent, fruit d'années passées à se maquiller et se coiffer en regardant des tutos sur YouTube.

– Enfin une fille qui arrive avec une apparence acceptable.

Elle m'a fait entrer et m'a rapidement conduite par un escalier de service vers une salle de préparation.

Pendant qu'un médecin m'examinait au deuxième étage du manoir, dans une petite pièce aux murs blancs et au parquet foncé, vide à l'exception d'un lit jumeau, Mme Hawthorne m'a questionnée sur les raisons de ma présence ici, et ce que j'espérais gagner si j'étais choisie.

J'étais nerveuse, et quand je suis nerveuse, je jacasse.

Alors je lui ai parlé de mes sœurs.

– Je suis ici pour ma famille. Enfin, mes sœurs. Je suis l'aînée, puis il y a Tanya, Reba et LeAnn. Ma mère aimait les chanteuses de country, alors elle a tenu à donner leurs noms à ses filles.

Mme Hawthorne avait l'air perplexe. J'ai pensé que c'était peut-être parce qu'elle était écossaise, du moins à en croire son accent, alors j'ai précisé.

– Vous savez, Tanya Tucker, Reba McIntyre, LeAnn Rimes ? Des immenses stars de la musique country dans les années 80 et 90.

– Alors Portia est aussi le prénom d'une chanteuse ? demanda-t-elle avec son accent chantant.

J'ai baissé les yeux.

– Non. C'est mon père qui a choisi mon prénom.

Rappel désagréable qu'il y avait plus de mon salaud de père en moi qu'en chacune de mes adorables sœurs. Son côté instable, sa soif d'aventure, son envie permanente d'être ailleurs que là où il était... J'ai hérité de ces travers comme un porc aime se rouler dans la boue par une chaude journée d'été.

Même le prénom qu'il m'a donné — il voulait m'appeler *Porsche*, comme la bagnole, mais heureusement, maman est intervenue et l'a orthographié de façon plus élégante sur l'acte de naissance. Même en prénommant son propre enfant, il rêvait déjà de prendre la route au coucher du soleil et d'abandonner sa famille.

Mais contrairement à lui, quand les choses se sont corsées, je suis *restée*.

Je serai toujours là et je me battrai pour ma famille. Quoi qu'il arrive. À cause du prénom Portia ? Quand j'ai finalement cherché son étymologie, j'ai découvert que ce nom signifiait : *offrande*. Oui, je donnerais ma vie pour ma famille, avec joie. À tout moment.

– Bref, poursuivis-je d'un ton vif (j'avais décidé il y a longtemps de ne pas me lamenter sur les choses regrettables que je ne pouvais pas changer.) Mes sœurs sont géniales. Je ferais n'importe quoi pour elles.

Mme Hawthorne a froncé les sourcils quand le médecin a manipulé le spéculum sous le drap recouvrant ma nudité. J'ai sursauté à la froideur du métal, mais sinon ce n'était pas trop inconfortable. Le médecin était une femme, ce que j'ai apprécié. Elle était silencieuse et avait des gestes doux.

– Alors, tu es là pour elles ?

J'ai hoché la tête, essayant de me détendre.

– On va se faire expulser du mobile home, et mes sœurs, eh bien, elles dépendent de moi pour tout un tas de raisons.

J'ai continué et j'ai tout expliqué à Mme Hawthorne qui a écouté en silence.

– Ils ont encore coupé l'électricité, et on a un mois de loyer en retard depuis que Reba a perdu son travail intérimaire. Puis Tanya a démissionné de son job au fast-food parce que son patron n'arrêtait pas de lui faire du gringue. (Je me suis mordu la lèvre et j'ai essayé de ne pas bouger alors que le médecin écartait les branches du spéculum.) LeAnn a un petit boulot, elle emballe les courses après l'école, mais elle n'a que quatorze ans et ne fait pas beaucoup d'heures, et la paie est dérisoire de toute façon. Mon travail consiste à aider les personnes âgées, enfin, je n'ai pas eu la chance d'aller à l'université, donc ce n'est pas un truc officiel. (J'ai secoué la tête.) Et les factures continuent de s'accumuler...

J'échouais à subvenir au besoin de ma famille, dont j'avais la charge.

La toubib a terminé et est sortie de la pièce sans nous interrompre.

Mme Hawthorne s'est assise sur le lit tandis que je tirais le drap pour me couvrir.

– Écoute-moi bien, jeune fille. J'aime ces garçons comme mes propres fils. Celui qui va faire le choix ce soir est un peu... brut de décoffrage. Au fond de lui, c'est un gentil garçon. Je ne peux pas en dire plus, mais il pourrait s'appuyer sur une fille comme toi pour se maintenir à flot. Vous pourriez vous entraider. Dis-lui pourquoi tu es ici. Ça aidera.

Elle parlait comme si elle pensait que j'avais réellement une chance d'être choisie. Ça a fait naître en moi un embryon d'espoir sur lequel je n'osais pas trop miser.

Était-ce seulement possible ? Un sauveur tombé du ciel ? Du moins sous la forme d'un inconnu en queue-de-pie qui a frappé à la porte avant-hier soir avec une invitation formelle curieuse, suivie aujourd'hui par la livraison d'une robe somptueuse et une limousine ?

La vérité, c'est que nous n'avions plus le choix. C'était notre ultime tentative. Nous flirtions avec la pauvreté depuis quelques années, depuis que...

Non, je ne voulais pas y penser maintenant.

Mme Hawthorne s'est levée comme si elle allait partir.

– Le médecin va revenir te faire une injection contraceptive. Il ne reste plus qu'à me dire ce que tu veux obtenir. Quel est ton plus grand souhait ?

J'ai pris le temps de réfléchir, ne voulant pas merder. Et si c'était comme le vœu exaucé par un génie dans les contes qui, mal formulé, avorte à cause d'un vice de forme ?

– Qu'a demandé la dernière fille ? rusai-je.

– Au début ? De l'argent.

– Combien ?

– Dix millions.

Puis j'ai froncé les sourcils.

– Attendez, que voulez-vous dire par *au début* ?

Mme Hawthorne s'est penchée en avant comme si c'était un secret.

– Ce n'est jamais arrivé avant, alors ne te fais pas d'illusions. Mais à la fin des épreuves, le jeune initié et elle sont tombés amoureux. Elle a renoncé à l'argent pour formuler le souhait de vivre avec lui.

C'était romantique... et peu pragmatique.

– Mais à vous entendre, ce n'est pas forcément de l'argent. Vous laissez entendre que l'Ordre a le pouvoir de me donner tout ce que je veux. Vraiment tout ?

– Dans la limite de ses moyens.

J'ai formulé mon souhait. Et j'ai tout de suite eu peur que le prononcer à voix haute, ou plutôt le murmurer à cette femme à qui je voulais faire confiance, me porte la poisse. Le dire tout haut rendait la chose réelle. On m'a appris, enfant, qu'on ne révélait jamais son souhait en soufflant les bougies d'anniversaire, sinon il ne se réaliserait pas. Depuis lors, mon vœu le plus cher parmi tous était resté enfermé dans le coffre-fort inviolable de mon âme.

– Ils peuvent faire ça ? demandai-je.

Elle a hoché la tête.

– Ils l'ont déjà fait.

J'ai fermé les yeux et poussé un soupir de soulagement, en reculant contre le mur. Ce serait fini, j'espère une fois pour toutes.

J'ai regardé Mme Hawthorne.

– Alors, c'est mon souhait.

∿

Et j'étais là maintenant, en rang, à attendre la cérémonie du choix. À attendre derrière la porte en acajou en priant pour que l'Initié me choisisse. Je le voulais tellement. J'en avais trop besoin.

Mais les mecs détestaient les filles désespérées. Je devais paraître calme, indifférente et concentrée. Il cherchait une « reine du bal », non ? Alors je serais l'incarnation même d'une beauté du Sud.

Sophistiquée. Majestueuse. Dispendieuse. Insaisissable.

Tout ce que je n'étais pas dans la vraie vie.

Mais tout cela était fictif. Une comédie, un mensonge. N'était-ce pas le propre des riches ? Ils péchaient autant que nous, seulement ils n'avaient pas à en payer les conséquences. Il leur suffisait de se prétendre au-dessus de la mêlée.

Ils passaient devant tout le monde — leur plus grand péché.

Ce soir, je serais l'un d'entre eux. Pendant cent neuf jours, je jouerais un rôle.

Mais seulement *si* j'étais choisie.

Soudain, avant que je sois prête, la porte s'est ouverte. Certaines filles ont joué des coudes pour être en tête de la file, mais j'ai pris une place au milieu. Me lancer dans un combat féminin maintenant ne donnerait pas de moi l'image d'une beauté majestueuse ou insaisissable.

Nous sommes entrées en file indienne. Ma bouche s'est légèrement ouverte en découvrant les lieux.

C'était une salle de bal blanche, pure, intimidante. Je n'avais jamais rien vu de tel. Le manoir avait au moins un siècle, probablement beaucoup plus. C'était comme si nous avions quitté le temps présent pour entrer dans un lieu dérobé où l'on vivait encore au siècle précédent.

Des hommes en smoking d'un blanc immaculé qui

discutaient, un verre à la main, se sont alignés en rang. Il y avait aussi d'autres hommes, revêtus d'une cape argentée luxueuse, mais lugubre. L'éclat de l'étoffe soyeuse scintillait sous la lumière de l'énorme lustre à gaz. Chacun des hommes en cape tenait une canne au pommeau argenté.

L'un d'entre eux a exigé que nous défilions en une formation multicolore, nos robes de bal éclaboussant de couleurs vives la salle monochrome.

Tandis que nous marchions en cercle, je scrutais furieusement la salle, essayant de me repérer et de trouver lequel des hommes en smoking blanc était l'Initié de la soirée.

Ils se tenaient au garde-à-vous, évoquant des soldats se préparant à la guerre. Ils observaient notre procession avec curiosité, sauf un qui lampait son verre de liquide ambré. Il semblait se désintéresser totalement du spectacle. Mince, s'il était venu soutenir son ami, il s'y prenait comme un manche.

J'espérais que l'Initié était le gars à l'air sérieux ou celui qui nous souriait gentiment comme s'il voulait nous encourager à bien faire.

Hélas...

C'est du butor ivre que les Anciens se sont approchés avec un ruban noir et un air renfrogné, alors qu'on emportait le verre vide de cet alcoolique.

C'est une blague. C'est lui ?

Mon cœur s'est décroché. Il n'avait même pas l'air de vouloir être ici. Il a longé avec désinvolture la rangée de reines du bal en touchant sans délicatesse les colliers de perles.

Quand il est arrivé vers moi, j'ai essayé de croiser son regard, d'établir une forme de communication.

Mme Hawthorne m'avait prévenue qu'il était brut de décoffrage. Mais je m'attendais quand même... eh bien, à mieux. Pourtant, ne venais-je pas de me dire qu'il était injuste de juger quelqu'un au bout de quelques secondes seulement ?

Il a effleuré mon collier sans regarder mon visage avant de passer à ma voisine. Il semblait consacrer de moins en moins de temps à chaque fille au fur et à mesure qu'il avançait, et mes espoirs se sont effondrés.

Cet homme n'était pas mon espoir de salut.

C'était un fils à papa fortuné et soiffard, disposant de tant d'argent et de privilèges qu'il n'avait probablement pas travaillé un seul jour dans sa vie.

Un Ancien, qui essayait manifestement de rétablir un semblant de pompe et de faste dans la cérémonie, a frappé sa canne sur le sol.

– Sully Van Doren, tu dois choisir une reine du bal.

Sully Van Doren. Van Doren... seigneur, aucun nom ne transpirait à ce point l'*argent* et les *privilèges*.

Donc, ça n'allait évidemment pas coller. Il fallait que je trouve un autre remède miracle aux problèmes de ma famille. Merde. Je devrai arrêter de m'occuper des personnes âgées. Mes patients me manqueront, mais si je prenais un boulot plus lucratif de serveuse en ville, je pourrais envoyer de l'argent à...

Soudain, Sully s'est déplacé d'un pas lourd et planté devant moi.

Je me suis figée et je l'ai regardé, au début comme une biche prise dans les phares, puis avec un agacement excessif quand il est resté là sans rien faire.

Est-ce qu'il prenait son pied à jouer avec les femmes comme ça ?

Il allait vraiment me choisir ? Ben merde, pourquoi ?

D'autant qu'il me regardait comme s'il me détestait.

Je l'ai fixé en retour. Oui, quand l'invitation est arrivée, j'ai cru que c'était la chance de ma vie.

Maintenant, j'avais la nette impression de sonder les yeux du diable. Cet homme était à cran, au bord du gouffre.

J'ignorais ce qui l'avait poussé à bout, mais à l'évidence, il n'en avait plus rien à foutre de rien. Ce genre de type était dangereux.

J'aurais dû baisser la tête. Me rapetisser. Lui faire comprendre que je n'étais pas pour lui. Ça aurait été la chose la plus intelligente à faire.

Mais j'ai réagi tout à fait autrement.

J'ai redressé le dos et défié le diable. Parce que moi aussi j'étais au bord du gouffre, merde. Qu'il aille se faire foutre s'il croyait que j'allais plier l'échine et me faire toute petite devant Sa Seigneurie toute-puissante et...

Avant même que j'aie fini d'inspirer, il a arraché le collier de perles de mon cou.

J'ai cligné les yeux de surprise.

Putain de merde ! Si les cannes des Anciens frappaient si fort le sol blanc, ça voulait dire que j'avais réussi... je venais d'être choisie.

CHAPITRE 4

IL N'Y avait pas de temps pour réfléchir ou changer d'avis. Seulement des flashs, des images. Des beautés en pleurs qu'on emmenait, le murmure des conversations entre les membres de l'Ordre, nous qui montions les escaliers.

Sully et moi.

Sully était à mes côtés, mais il n'a pas dit un mot.

Le *sexe*.

C'était le moment du sexe.

Mme Hawthorne et la docteur m'ont expliqué ce que l'on attendait de moi, et je n'ai pas été choquée. J'aimais le sexe et je ne baisais pas suffisamment, car j'étais tout le temps épuisée. J'avais eu des petits copains ici et là, mais ils s'enfuyaient généralement assez vite quand ils se rendaient compte que ma famille passait avant eux.

Désolée de ne pas être désolée. Ne me demandez pas de choisir entre vous et ma famille, car vous perdrez à tous les coups.

Bon, le sexe, d'accord.

Quand j'ai dit que je ferais *n'importe quoi* pour ma famille, je le pensais. Et je n'étais pas une fille pudique.

Mais quand toute la cohorte nous a suivis à l'étage, là, ça m'a choquée. Merde alors. Mes premiers rapports avec le grincheux Sully Van Doren allaient se passer en public, sous les yeux d'une bande de vieux voyeurs en cape.

Et Sully ne semblait pas vouloir leur faciliter les choses.

– Vous allez tous venir me voir la baiser ? demanda-t-il à la foule de suiveurs en lâchant un rire grossier. C'est ça qui fait bander vos vieilles bites ? Eh bien, on devrait organiser une tombola et vendre des billets. Pourquoi ne pas en charger l'association des parents d'élèves de l'école de Darlington ?

Sully a ouvert brusquement la porte d'une chambre, m'a empoignée par le coude et tirée à l'intérieur. Un geste brutal plus que douloureux.

J'espérais que son attitude acerbe ferait honte à certains Anciens et les inciteraient à rebrousser chemin, mais non, ils se sont tous engouffrés dans la chambre à notre suite.

C'était une vaste pièce où trônait un lit à baldaquin gigantesque. Le cadre était en bois sombre, ancien, avec une tête de lit en marqueterie magnifique. Mais je n'ai pas vraiment eu le temps de l'admirer, ballotée comme je l'étais par Sully qui me tirait par le bras.

– Tu connais les règles, Sullivan, déclara un Ancien. La consommation de l'union doit être attestée par les membres.

– Alors, niquons, répondit Sully avec insolence en arrachant sa chemise.

Il l'a jetée négligemment sur la banquette antique marron foncé au pied du lit. Plusieurs bergères assorties étaient disposées avec art dans la pièce. De nombreux

Anciens s'y sont assis comme au spectacle. De quoi exaspérer encore plus Sully.

– On ne peut pas transgresser le livre sacré. Les Oléandres trembleraient sur leurs fondations si tous les membres de l'Ordre ne mataient pas le premier coup de bite.

Il a baissé son pantalon sur ses chevilles puis a claudiqué jusqu'au bord du lit où je me tenais, hésitante.

– Retrousse tes jupons, chérie. J'ai entendu dire qu'on payait à l'heure. Quel est ton tarif ? Combien de millions on te paie pour te faire enfiler par tous les trous pendant trois mois ?

J'ai eu envie de le gifler.

Tout autre homme qui m'aurait insultée de la sorte aurait fini par avoir plus que la trace de ma main sur le visage. Il serait rentré chez lui avec un œil au beurre noir.

Papa m'a appris à frapper avant de se barrer. Et il m'a transmis son tempérament.

J'ai fusillé Sully du regard.

– T'es assez sobre pour bander au moins ? sifflai-je.

Je me fichais de savoir qui regardait ou écoutait. Puis je me suis penchée en avant, car j'étais habitée par une diablesse, moi aussi.

– Je m'en fous, car je suis payée de toute façon, bite molle ou pas.

Eh bien, ça a provoqué une réaction. Ses yeux se sont incendiés.

– Ne fais pas la maline avec moi, ma mignonne.

Je suis monté sur le lit et j'ai relevé et ôté mes jupons roses bouffants. Ce n'était pas une mince affaire vu le volume d'étoffe de la robe.

Puis je me suis allongée sur le dos en lingerie, jambes écartées, et j'ai regardé Sully d'un air provocateur.

Au fond de moi, je flippais à mort. Mais le bluff m'avait permis de me tirer de pas mal de situations merdiques dans le passé, et autant en finir au plus vite.

Sully a hésité un moment, me toisant de sa hauteur.

Derrière lui, les Anciens étaient alignés debout comme des sentinelles devant le rideau rouge d'une scène imaginaire. Certains nous mataient avec la main dans le pantalon ; d'autres se tripotaient la nouille par-dessus leur toge.

J'ai cligné des yeux et j'ai reporté mon attention sur Sully. Le seul moyen de traverser cette épreuve était de me concentrer sur lui et lui seul. J'ai soulevé un sourcil.

– Bon, tu me la mets ou pas ?

Quelques éclats de rire ont fusé du poulailler, ce qui a visiblement enragé Sully. Il s'est approché du lit, en virant son pantalon de smoking et son caleçon dans la foulée.

Mes yeux se sont arrondis. Il avait soudain l'air moins ivre et, bon sang, un regard oblique m'a suffi à voir qu'il était *vraiment* prêt à passer aux choses sérieuses.

Je n'avais jamais vu une bite si longue et si grosse de ma vie. Ma bouche s'est asséchée, et ce n'est que lorsqu'il a posé un genou sur le lit que mes yeux sont remontés vers son visage.

– On dirait que la putain aime ce qu'elle voit.

Putain ? Quel salopard hypocrite...

Mais avant que j'aie le temps de répliquer intelligemment, il a collé sa grosse bite contre ma fente. J'ai senti mes yeux s'arrondir comme des soucoupes en même temps que je mouillais, me préparant à le recevoir.

Tout ce que j'avais appris sur cet homme au cours des dix dernières minutes me le rendait méprisable.

Mais mon corps... eh bien, mon corps n'avait pas vraiment compris le message. Tout ce qu'il voyait, c'est que l'homme le plus sexy que j'avais jamais vu se penchait vers moi en frottant d'avant et arrière sur mon clitoris la bite du siècle et...

Je n'ai pas pu réprimer un spasme de plaisir en me cabrant contre Sully.

Et ça n'a pas échappé à ce bâtard. Un grand sourire satisfait lui a balafré le visage.

Ce foutu sourire m'a fait mouiller de plus belle, facilitant la pénétration de sa queue de quelques centimètres de plus. Oh mon Dieu...

Cette sensation m'avait manqué... Arrête ton char ! Je n'avais jamais rien ressenti d'aussi fort.

Il est vrai que je n'avais couché qu'avec des gentils garçons. Des mecs qui me sautaient vite fait à l'arrière de la voiture et rappelaient toujours le lendemain.

Rien à voir avec cette intensité, ce feu, cette hargne.

Sully bougeait au ralenti, se frottant en moi pour que son chibre me frictionne le clito à m'en faire perdre la tête.

– C'est bien, souffla-t-il d'une voix rauque. Tu écartes les cuisses et tu prends ce que je te donne.

J'ai voulu me rebeller, balancer un commentaire saignant. Mais quand il s'est enfoncé jusqu'à la garde, je n'ai pu qu'écarter les jambes et l'accueillir en moi.

Oui, c'était un connard. Mais c'était un connard en passe de devenir le meilleur coup de ma vie. C'était un signe de maturité d'apprendre à faire des compromis, non ?

J'ai levé une jambe et je lui ai harponné le cul, tentant de le pousser plus loin en moi.

Ça lui a plu, à en juger par la façon dont il s'est retiré comme la vague avant de s'enfoncer à nouveau en moi.

Pendant une seconde, j'ai cru qu'il avait oublié le reste du monde et prenait autant de plaisir que moi.

Évidemment, j'aurais dû être plus intelligente. Si j'avais

retenu quelque chose de ma récente rencontre avec Sully, c'est qu'il était un fieffé rustre.

Il s'est tourné vers la clique des Anciens tout en me baisant, ses frictions répétées sur mon clito me faisant monter de plus en plus haut. Et il les a violemment interpellés.

– Putain, ce n'est pas normal, vous en avez conscience, non ? Rentrez chez vos femmes ! Qu'est-ce que vous foutez ici ? Vous emmagasinez de la matière pour vous branler plus tard ? C'est du grand n'importe quoi.

J'aurais dû être consternée qu'il m'utilise comme un objet de démonstration. S'il pensait que c'était si tordu, pourquoi se donnait-il en spectacle ? Et il se donnait vraiment... *à fond.*

Oh ! Je n'ai pas pu étouffer un gémissement aigu quand il a touché un endroit particulièrement sensible qui a allumé un brasier en moi. Oh mon Dieu, était-ce le fameux point G ? J'ai toujours cru que c'était un mythe.

J'ai agrippé les draps de désespoir, en ravalant le cri de plaisir qui menaçait de me transpercer la gorge.

Mon Dieu... je ne devrais pas... comment a-t-il...

Toutes mes pensées ont été balayées par la vague de plaisir qui m'a frappée de plein fouet.

Mes membres se sont rigidifiés alors que j'empoignais le cul de Sully. Attends, depuis quand mes mains étaient-elles sur son cul ? Oh merde, c'était trop bon. Trop bon. Siiiiiii bon. Siiiiiii...

J'ai enfoui ma tête dans l'oreiller et j'ai finalement laissé échapper un rugissement du plaisir, en fermant les yeux pour pouvoir vivre pleinement l'instant sans que personne ne gâche le moment.

Un râle qui s'est éternisé, Sully continuant de me pilonner, plus vite maintenant.

Plus violemment.

Plus sauvagement.

Ooooooooh, mon Dieu.

Une bestialité que je ne connaissais pas s'est emparée de mon corps et je l'ai laissé faire. Je me suis complètement abandonnée...

J'ai chevauché la vague orgasmique de plus en plus haute et forte... jusqu'à ce qu'enfin, *enfin*, je me transforme en chiffe molle.

Ce n'est qu'alors que Sully s'est immobilisé, me remplissant à ras bord de sa semence chaude et poisseuse.

CHAPITRE 5

SULLY

LE SOLEIL matinal m'a piqué les yeux.

Je n'avais aucune idée de l'heure, mais il n'était pas question que je sorte du lit. J'ai roulé en grognant sur le côté pour tourner le dos à la grande fenêtre donnant sur le parc et les jardins paysagers des Oléandres.

Une voix guillerette s'est élevée dans la chambre.

– Oh bien, tu es réveillé.

J'ai ouvert un œil et vu l'autre côté du lit déjà fait comme si Barbie n'y avait pas dormi cette nuit, or je savais qu'elle s'y trouvait.

– Non, grommelai-je en refermant l'œil dans l'espoir d'occulter le fait que j'avais baisé avec une parfaite inconnue hier soir, que nous avions dormi ensemble comme un foutu couple marié, et que nous étions censés maintenant faire la causette post-coïtale du matin.

– J'attendais que tu te réveilles.

– Eh bien, je dors encore.

– Tu parles, donc tu es réveillé.

J'ai basculé sur le dos et j'ai vu Barbie en legging, soutif de sport et chaussures de tennis. Ses cheveux blonds étaient tirés en queue de cheval, et son joli minois affichait un sourire éclatant.

– Pourquoi t'as ouvert les rideaux ? maugréai-je en masquant mes yeux d'un bras. Il y a trop de lumière.

– Parce qu'on n'est pas des vampires. Et parce que je déteste dormir avec les rideaux tirés. J'aime me réveiller avec le soleil. C'est une bonne façon de commencer la journée.

J'ai grogné encore, incapable de traiter ces informations avec cette douleur qui me martelait le crâne.

– Je ne voulais pas fouiller dans tes affaires pendant ton sommeil, mais j'espère que tu as une tenue de sport, dit-elle en ouvrant puis fermant une porte de placard. Tu as des baskets, c'est bon.

Je n'ai rien dit. Peut-être que si je faisais le mort, elle se lasserait et me ficherait la paix.

– Ce n'est pas moi qui ai fait les règles, dit-elle en laissant tomber les chaussures près du lit.

– Quelles règles ?

J'ai senti son poids enfoncer le matelas quand elle s'est assise au bord du lit.

– La règle ridicule qui m'interdit de quitter la chambre si tu n'es pas avec moi. Apparemment, j'ai besoin d'un chaperon. J'ai essayé d'être patiente, mais je deviens claustrophobe.

– Patiente pour quoi ? marmonnai-je en me remettant sur le flanc, tirant le drap sur mon visage.

– Pour sortir d'ici. J'ai besoin de courir pour me vider la tête. Viens, dit-elle en me secouant la jambe. Ça nous fera du bien.

– Non, refusai-je tout bonnement en enfonçant ma tête dans l'oreiller pour me rendormir.

– Sully, viens, insista-t-elle en me tapotant le mollet. On ne va pas rester enfermés toute la matinée.

– Si.

– Sully...

Je suis resté silencieux.

– Sully...

J'ai tiré la couverture sur mon oreille.

– Sully...

– Rendors-toi jusqu'à ce qu'on reçoive le prochain mot d'ordre des Anciens.

– Allez, insista-t-elle en me poussant la jambe, semblant beaucoup moins guillerette. Sors ton cul du lit et viens avec moi, ça fera passer ta gueule de bois. Si tu ne te lèves pas... je jure devant Dieu que je passerai cette porte seule au risque de mettre fin à l'Initiation pour nous deux. Je ne suis pas du genre à rester assise sur mes fesses et à ne rien faire.

Elle a arraché la couverture et le drap sans aucun avertissement.

Son cri de surprise m'aurait fait rire si je n'étais pas aussi agacé qu'elle ait viré les draps qui couvraient mon corps nu. Visiblement gênée, elle a rougi et m'a prestement tourné le dos.

– Faut t'habituer à me voir à poil, Barbie. Je dors tout nu.

Elle m'a lancé un regard noir par-dessus son épaule.

– Ne m'appelle pas comme ça.

J'ai haussé les épaules en posant les pieds par terre, et j'ai étiré les bras au-dessus de ma tête sachant que je n'avais aucune chance de me rendormir.

– Comment veux-tu que je t'appelle ? Je ne connais même pas ton nom.

Seigneur. J'ai sauté cette fille et je ne sais absolument rien d'elle à part qu'elle est chiante le matin.

– Portia Collins, dit-elle en retournant vers le placard. Je ne suis pas ta Barbie. Je ne suis pas ta chérie, ta mignonne, ton bébé et autres petits noms dégradants. Appelle-moi Portia ou rien du tout.

– Barbie te va bien, dis-je en m'approchant d'elle, sans honte de ma nudité.

– Ouais, ben... Ducon te va bien aussi. Pourtant je ne t'appelle pas comme ça.

Elle a arraché un t-shirt d'un cintre et l'a lancé dans ma direction. A priori, ma nudité la perturbait. Elle évitait de regarder ma queue, qui se dressait dans toute sa splendeur, gaule du matin oblige. Elle a fouillé dans la commode et trouvé un short de sport qu'elle m'a jeté à la figure.

– Allez, habille-toi. Ton gros bide me remerciera pour ce footing matinal, railla-t-elle en souriant et haussant un sourcil.

J'ai instantanément contracté mes abdos. Gros bide ? J'avais des putains de tablettes de chocolat et elle le savait. Qu'elle soit maudite pour ses remarques désobligeantes qui me faisaient presque culpabiliser pour ma consommation excessive d'alcool et ma négligence physique ces derniers temps. Merde, je ne pouvais même pas lui retourner l'insulte, car cette nana, Portia, avait un corps sacrément proche de la perfection : ferme, tonique et charnel aux bons endroits. Mais à voir son insistance ce matin pour entretenir ce capital, je me suis dit que les cent neuf prochains jours allaient être longs, très longs.

– Un jogging vite fait et c'est tout, concédai-je en m'habillant sous son regard attentif et impatient.

– Si c'est tout ce que tu as en magasin, dit-elle avec un haussement d'épaules.

Il était trop tôt pour nous prendre la tête. J'avais encore le casque à boulons et la cervelle flottante. Au moins, nous étions d'accord sur une chose... il nous fallait de l'air frais. Cette pièce me semblait déjà trop petite pour nous deux.

Nous sommes sortis par la grande porte et nous avons couru côte à côte dans l'allée de chênes, bien plus vite que ne le supportait mon corps. Le bourbon suintait par mes pores, et mon *gros bide* menaçait de gerber l'alcool qui s'y trouvait encore. C'était la dernière chose que je voulais, mais laisser Miss Fitness gagner n'était pas non plus envisageable.

– Va-t-on parler d'hier soir ou faire comme si je n'avais pas vidé mes couilles dans ta chatte ? lançai-je en prenant garde de ne pas cracher mes poumons ni souffler après chaque mot.

– T'es vraiment un connard par moments, tu sais, dit-elle, pas le moins du monde essoufflée.

Elle a même accéléré l'allure, me forçant à la rattraper.

– Pourquoi ? Parce que je parle crûment ?

– Très bien. De quoi tu veux parler ?

– Je veux m'assurer que tu es assez forte pour supporter l'Initiation, dis-je en ignorant la brûlure dans mes poumons.

– Tu l'es toi ? répliqua-t-elle.

– Je connais les vices de l'Ordre du fantôme d'argent. Pas toi, je pense. Tu n'as aucune idée de ce qui nous attend.

– Je ne suis pas venue ici en pensant que ça allait être un conte de fées. Je suis sûre de ne pas trouver le prince charmant, et je sais que ça va être moche et dur. Mais j'ai les yeux rivés sur l'objectif final et je ne doute pas d'être assez forte pour faire ce qu'il faut pour l'obtenir.

– Pourquoi t'infliger tout ça ? demandai-je alors que mes jambes allaient lâcher.

– Et toi ? répliqua-t-elle de nouveau.

– J'ai mes raisons.

Je ne voulais pas lui parler de ma famille ou de ma sœur. Ça ne la regardait pas, et le fait de le savoir n'aurait aucune incidence sur la réussite ou non des Épreuves.

– J'ai mes raisons aussi, dit-elle en m'imitant.

Les chênes majestueux bordant l'allée créaient un motif d'ombre et soleil, ombre et soleil, dont la répétition me donnait envie de vomir et j'ai dû m'arrêter pour ne pas gerber. Portia a continué de courir sur place tandis que je me penchais en avant, les mains calées sur mes genoux. Je savais qu'elle devait se réjouir de mon état misérable, mais je ne pouvais pas la regarder pour le moment, car cela aurait nécessité de lever la tête, chose pour le moment impossible.

– Tu prévois d'être ivre à toutes les épreuves ? demanda-t-elle.

– Je prévois de faire ce que je veux, putain, ripostai-je, n'appréciant pas sa remarque facile et agressive.

– Ouais, dit-elle en sautillant. J'ai déjà compris ça chez toi.

Elle a repris son jogging, sans se soucier de savoir si je la suivais ou non.

Je me suis traîné jusqu'à un grand chêne et me suis assis contre le tronc. Ce dont j'avais vraiment besoin, c'était un Bloody Mary pour me soulager, chose improbable dans l'immédiat. Mais une fois de retour au manoir pour le petit déjeuner, j'étais presque sûr de pouvoir convaincre Mme H de m'en préparer un... ou pas. Je n'étais pas sur la liste de ses chouchous ces derniers temps. Elle me reprochait de filer un mauvais coton...

Elle avait raison.

J'ai regardé Portia arriver au bout de la longue allée, faire demi-tour, et revenir en jogging vers moi. Son corps se déplaçait sans effort, mais son expression faciale était grave

et même... triste. Cette Barbie était moins superficielle que
je ne le pensais.

Elle n'était pas faible. Je devais lui reconnaître cette
qualité.

Elle ne s'est pas aplatie devant moi comme je l'avais
espéré, et en fait, j'avais le sentiment qu'elle allait me
rendre fou.

Je n'arrivais pas à la cerner. Impossible d'expliquer pourquoi je l'avais choisie et pourquoi je pensais qu'elle serait
capable de réussir chacune des Épreuves qui nous
attendaient.

Je mentirais en refusant d'admettre à quel point la baiser
était bon hier soir. Enfin, en faisant abstraction de la cohorte
de vieillards flippants qui nous mataient. Malgré la situation
glauque, elle m'a embrasé le corps. Sur le plan sexuel, je
dirais que j'ai choisi la bonne partenaire. Mais à part ça... je
ne pourrais pas en dire plus. Nous avions une longue, très
longue route devant nous, et je n'étais pas sûr que nous
soyons prêts à tout pour réussir.

– Tu veux que j'aille chercher une chaise à porteurs
pour rentrer ? ironisa-t-elle en me rejoignant en petites
foulées.

Elle se mit à trottiner sur place devant moi. Ses épaules
nues brillaient, mais elle transpirait à peine. La chaleur
géorgienne était douce et le taux d'humidité était faible en
janvier, mais quand même...

– Tu pourras t'appuyer sur moi au besoin, ajouta-t-elle.

Je me suis mordu la langue, car j'allais proférer des mots
inconvenants pour une dame, et j'étais un gentleman... plus
ou moins.

Je me suis levé en roulant des yeux et je suis reparti en
joggant vers le manoir, bouche cousue. Dieu merci, j'ai
réussi à arriver jusqu'à la porte, et c'est avec bonheur que

j'ai senti la douce odeur des œufs au bacon qui nous attendaient. Mme H s'était souvenue de mon petit déjeuner
préféré, et en ce moment, la graisse était nécessaire pour
mon corps malmené.

– Oh, mon garçon, dit-elle en sortant de la cuisine,
surprise de nous voir arriver de l'extérieur. Je ne savais pas
où vous étiez partis, alors j'ai fait porter le petit déjeuner
dans votre chambre. Il devrait être encore chaud.

– Merci, Mme H, dis-je en essayant de ne pas donner
l'impression d'être en pleine crise d'asthme.

– Oui, merci Mme Hawthorne, déclara Portia comme si
elle n'avait jamais couru.

En entrant dans la chambre, l'odeur de nourriture m'a
fait saliver. J'ai vu une grande boîte sur le lit, mais son
contenu m'importait peu pour le moment. Je n'avais qu'un
seul point de mire.

Le bacon.

Portia, cependant, observait la boîte, faisant fi de la
nourriture.

J'ai souri en mordant une bouchée. Montgomery m'avait
raconté le déroulement probable de la première soirée.

– Ça, ma chère, c'est ta tenue pour ce soir. Je dois juste
décider de la couleur qui t'ira le mieux.

CHAPITRE 6

Sully ne voulait pas me montrer ce qu'il y avait dans la boîte, pas avant « l'événement ». Il me souriait chaque fois que je lui demandais ce que c'était, ou s'interposait physiquement entre la boîte et moi lorsque je tentais de m'en emparer.

Il l'a même emportée dans la salle de bain quand il a pris une douche et s'est préparé pour la soirée, me laissant mijoter et me demander ce qui allait bien pouvoir m'arriver ce soir.

La première soirée d'Initiation n'avait pas été si pénible — mis à part tous ces voyeurs qui nous mataient en train de baiser. Mon côté naïf pensait qu'on ne nous demanderait peut-être rien de plus. Peut-être que ces vieux machins prenaient juste leur pied à regarder.

Mais mon instinct me disait que ce qu'il y avait dans cette boîte serait plus... plus *quoi* ? Comment ?

J'avais confiance en moi et j'adoptais généralement

une approche pragmatique, concrète de la vie. Me lamenter sur le sort plus heureux des autres n'était pas mon style. Chacun recevait à la naissance cadeau d'une vie, bonne ou mauvaise. Prends ce qu'on te donne et ne fais pas de vagues, comme on me le répétait à la maternelle.

Ensuite, chacun faisait de son mieux pour être heureux et prendre soin des êtres qu'il chérissait. C'était le seul principe de grande sagesse que j'avais réussi à acquérir au cours de mes vingt-trois années sur cette Terre.

Ce soir serait comme n'importe quel autre soir. Je survivrais comme je l'avais fait depuis la mort de maman, il y a quelques années. Ça n'avait pas été facile non plus. Mais jusqu'à présent, je n'avais rencontré aucun défi impossible à relever.

Alors, je me suis assise bien sagement au bord du lit, les mains jointes sur les genoux, dans ma plus belle posture reine d'Angleterre, et j'ai attendu, calme et concentrée, m'ennuyant un peu, que Sully sorte de la salle de bain et révèle enfin le contenu de la boîte.

Au même moment, il a ouvert violemment la porte et tonné un tonitruant :

– À ton tour, ma jolie.

J'ai tourné la tête en direction de sa voix, et c'est là que je l'ai vu.

La boîte coincée sous le bras, il tenait à la main un petit collier en cuir rouge sang.

On aurait dit un collier de chien.

Putain. De. Bordel. De....

– Quoi ? sourit Sully. Ne me dis pas que le rouge jure avec ton vernis rose bonbon.

– C'est quoi ces conneries ? m'écriai-je.

– Tu n'as pas lu le manuel ? Tss-tss, crachota-t-il dépité.

Manuel ? Il y avait un fichu manuel ? Pourquoi personne ne m'en avait donné un exemplaire ?

– C'est le choix de l'homme. Il me revient de choisir si je mets à ma chienne un collier noir, blanc ou rouge. Le rouge indique que j'aime bien partager, déclara-t-il avec un grand sourire.

Ma mâchoire s'est décrochée. Cela signifiait-il qu'il...

Bien sûr qu'il le ferait. C'était un ivrogne. Un soiffard débauché et corrompu par la fortune et les privilèges dont il jouissait depuis l'enfance.

Il a suspendu le collier rouge à son index, pointé dans ma direction.

– Hop ! Et que ça saute. Ils vont nous attendre.

Mon visage et mon cou ont rougi de fureur. Avait-il vraiment le culot de...

– Tu as pris une douche de trois quarts d'heure et maintenant, tu me dis de me magner ? Tu peux te fourrer ton collier dans le cul !

– Ah ah ah, ma belle. Je croyais que tu étais une bonne petite putain. Les filles de ton espèce ne sont-elles pas censées écarter les cuisses et faire ce qu'on leur demande pour quelques dollars ?

Ou alors je pourrais l'étrangler avec ce fichu collier... Mais je n'obtiendrais sans doute pas ce que j'ai demandé si j'assassinais leur précieux initié, hein ?

Alors, j'ai penché la tête en faisant un sourire mielleux.

– Laisse-moi deviner ? Complexé par papa ? Tu ne te sens pas assez viril pour t'occuper de moi tout seul ?

Je me suis approchée de lui avec désinvolture et lui ai arraché le collier de la main.

– Pas de souci si ta bistouquette a besoin d'un break. Je comprends. Avec tout ce que tu picoles, c'est un miracle que tu aies réussi à bander.

Sully n'a rien dit, mais je jure que j'ai vu un nuage de vapeur lui sortir des naseaux.

J'ai levé mes cheveux et j'ai attaché le bidule rouge autour de mon cou. Au moins, le cuir était souple. Mais putain, j'avais un collier de chien autour du cou !

Si maman me voyait...

Pendant des années, je suis allée au catéchisme presque chaque semaine. Les gentilles filles qui aidaient à organiser la kermesse de l'église ne portaient pas d'accessoires sexuels.

J'ai effleuré le collier des doigts en regardant Sully.

– Où est le reste ? Je suis censée porter quoi ? La lingerie minimaliste qui se trouve dans la commode ?

Je me suis dirigée vers la commode antique nichée dans un angle de la vaste pièce, mais le rire désagréable de Sully m'a stoppée net.

– Ah oui, il y a un code vestimentaire, dit-il avec un sourire exaspérant, avant de pointer du doigt le collier. Tu l'as autour du cou. C'est le seul apparat.

J'ai pâli, mais je ne voulais pas lui donner la satisfaction de voir ma réaction.

Évidemment, à poil avec le collier de chien. Suis-je bête ! À quoi d'autre pouvais-je m'attendre ?

Sully jubilait bien trop, alors sans attendre, j'ai arraché mon t-shirt en coton doux, mon soutif, mon jean, ma culotte et mes socquettes. Je les ai laissés tomber à mes pieds par défi.

Je ne pensais pas que j'aurais pu le faire face à un autre homme. Mais Sully était différent. Il était insupportable, exaspérant, et n'avait manifestement aucun respect pour moi. Je me fichais de ce qu'il pensait. En fait, l'opinion d'aucune personne dans ce lieu sordide ne m'importait.

Alors je me suis dressée devant lui, avec le collier

comme seul ornement, refusant de baisser les yeux, d'être gênée ou honteuse. Au diable le catéchisme. Les culs bénis de l'église n'ont jamais tendu la main pour nous aider, mes sœurs et moi, en ces temps difficiles, peu importe le nombre de fois où le curé a prêché que c'était la mission de l'église de s'occuper des pauvres et des opprimés. J'ai fini par être tellement dégoûtée par leur hypocrisie que j'ai cessé d'aller à la messe.

Basta. Je ne devais rien à personne, sauf à mes sœurs. Elles avaient besoin de moi. Sully avait beau essayer de me foutre la honte, je ne tomberais pas dans le panneau. Je ne laisserais pas ces bassesses me toucher. Je ne sais combien de fois je devrais me répéter ce mantra, mais je l'ai murmuré intérieurement une dernière fois alors que Sully et moi descendions l'escalier :

Je ferais tout pour ma famille.

Absolument *tout.*

∼

JE ME SUIS BLINDÉE.

Je me suis préparée mentalement.

Du moins, je le croyais.

Mais la quantité invraisemblable de chair qui m'a aveuglée quand nous sommes arrivés au bas des escaliers...

Je n'avais jamais vu autant de personnes nues. Allongées sur de somptueuses bergères. Cambrées sur des fauteuils. Les fesses en l'air sur des bancs spéciaux qui semblaient à la fois conçus pour cet usage et cependant antiques. Depuis combien de siècles les individus se livraient-ils à ce genre de perversité dont je n'avais jamais entendu parler ?

J'étais sidérée.

– Ferme la bouche, oisillon. Ce n'est pas comme si tu

étais vierge, me chuchota Sully à l'oreille.

J'ai serré les mâchoires et je lui ai jeté un regard noir. Bien sûr que non, je n'étais pas vierge. Mais j'avais vu très peu de gens nus dans ma vie. Les quelques petits amis que j'avais eus — eh bien, on n'avait jamais vraiment fait la chose lumière *allumée*, tu piges.

La plupart des garçons avec qui je suis sortie vivaient chez leurs parents. On était tous plus pauvres que Job, alors on le faisait un peu où on pouvait. Sur la banquette arrière d'une voiture en général. Parfois dans un abri de jardin. Une fois, dans une cabane dans les arbres, solide, que les parents du gus avaient construite quand il était enfant. Eh oui, c'était glauque de voir les dessins puérils de toute sa famille punaisés au mur alors qu'il allait et venait en moi.

Mais rien de tout cela n'aurait pu me préparer à ce *spectacle*.

La salle de bal blanche était bondée, mais au lieu du vide qui régnait dans la pièce lors de la cérémonie du choix, elle croulait sous le mobilier. Encore plus de meubles qu'il ne m'avait semblé au premier regard.

Des hommes se prélassaient sur des sofas, leur cape déployée autour d'eux tandis que de belles jeunes femmes s'affairaient entre leurs jambes.

Dans un coin, une femme était attachée à une grande croix en bois, et trois hommes se relayaient pour la flageller. Elle se tortillait et criait de plaisir « encore ! ».

Alors que j'étais encore éberluée, un homme s'est approché. Il était plus âgé, maigre, et il avait la peau du cou pendante et plissée comme une tortue sortant la tête de sa carapace. Il ne s'est pas embarrassé de politesses. Ses yeux bleus de fouine n'étaient que sur moi. En fait, ses yeux bleus de fouine n'étaient que sur mon *corps*. Je ne pense pas que son regard soit monté plus haut que ma poitrine.

Il ne s'est même pas présenté. Il a levé une main et m'a pincé le mamelon en le tordant douloureusement.

J'ai arraché sa main et je l'ai giflé.

Tout mouvement a cessé dans la pièce.

Oh merde.

C'était mauvais.

Je n'avais pas l'intention de le faire. C'était juste un réflexe. Une réaction pour virer les mains du vieux pervers de mon corps. Mais aux expressions grimaçantes des visages autour de moi, j'ai compris que j'avais dû commettre un terrible impair au regard des règles de la société secrète.

Cou de Tortue a jeté un regard furieux à Sully.

– Tu veux bien expliquer les gestes irrévérencieux à ta chienne ? Si elle ne respecte pas ses aînés, tu ne devrais pas la sortir en public.

Chienne ?

OK, je m'attendais à de la misogynie, mais là, c'était le pompon. Ce vieux salaud n'était à l'évidence dans l'Ordre que parce qu'aucune femme saine d'esprit ne coucherait avec lui sans y être fortement incitée, sinon forcée.

J'ai levé les yeux vers Sully, m'attendant à... je ne savais pas à quoi m'attendre.

Mais certainement pas à son expression amusée. Ce n'était pas comme lorsque nous étions seuls dans la chambre et qu'il me faisait chier. J'aurais juré qu'une colère intense couvait sous l'air affable et désinvolte qu'il affichait.

Il a claqué l'épaule de l'homme qui venait de m'agresser.

– Bien sûr, Georges. Mais ta cataracte doit encore te jouer des tours, car si tu te penches et regardes de plus près, tu verras qu'elle porte un collier rouge, pas blanc. Elle est à moi, et à ceux avec qui *je* veux bien la partager. Elle n'est pas en libre-service. Et j'ai décidé de ne *pas* t'accorder la permission de toucher mon joli bijou ce soir.

Sur ce, Sully a tendu la main et m'a saisi la poitrine, me pelotant devant la foule rassemblée. Mais contrairement à l'ignoble Cou de Tortue, il était doux. Au début du moins. Après quelques secondes, il m'a tiré sur le téton.

Cependant, rien à voir avec le geste rude du bonhomme. Sully, lui, savait comment me toucher. Un spasme m'a secouée alors qu'il me pinçait le bout-de-sein comme s'il accordait une guitare. Les hommes autour de nous ont ri et Sully a souri triomphalement.

– Quand elles sont sauvages comme celle-ci, proclama-t-il à la cantonade, il faut la main du maître pour les mater.

J'ai failli lever les yeux au ciel. La main du maître mon cul.

Cou de Tortue n'était manifestement pas satisfait de l'explication de Sully. Il s'est léché la lèvre supérieure avec sa langue baveuse comme une limace.

– Donne-la-moi. Quatre heures dans ma cage, et elle chantera sur un autre ton. Je connais son espèce. Elle va craquer en un rien de temps.

Sully a croisé le regard de l'homme, et j'ai eu l'impression qu'un combat silencieux se déroulait entre eux. À la fin, Sully a souri, passé un bras sur mes épaules nues et l'a salué poliment d'un signe de tête avant de m'emmener sans rétorquer — chose dont je ne le savais pas capable.

J'ignorais où il m'emmenait, mais j'étais bien contente de le suivre. Je voulais m'éloigner de ce groupe d'hommes qui avait souri et approuvé les paroles et les gestes de Cou de Tortue.

Sully s'est penché et m'a murmuré à l'oreille.

– Il a dépassé les bornes. Mais tu mérites une punition pour ce petit esclandre.

– Quoi ? sifflai-je en le regardant offusquée, car j'avais cru qu'il était de mon côté.

Sans prévenir, il s'est assis sur un banc en cuir, me soulevant au passage pour me jeter en travers de ses genoux.

J'essayais de retrouver mes repères et de me relever quand une morsure brûlante m'a incendié le cul. Sa main. Mon cul.

Sully venait de me donner une *fessée*. J'ai glapi et tenté de me retourner, mais son autre bras appuyait comme une barre de fer en travers de mon dos.

Il m'a fessée en rafale *dix* fois de suite. Chaque claque était plus puissante et plus douloureuse que la précédente. Je n'avais jamais reçu de fessée de ma vie. Mon père était un salaud, mais nous n'étions pas violents dans la famille.

Et là, à vingt-trois ans, en femme adulte, je recevais la *fessée*. Je ne voulais pas gémir ni crier, mais bon sang, Sully rendait la chose impossible. Ça faisait mal. Un mal de chien, putain ! Sans parler de l'humiliation d'être en travers des genoux d'un homme, entièrement nue, le cul exposé à tous les regards...

Puis, aussi vite que ça a commencé, c'était fini. Sauf que j'avais le derrière en feu à cause des claques sonores. Des applaudissements ont retenti derrière nous. Est-ce qu'il frimait juste pour ces sales pervers ?

J'ai à peine eu le temps de réagir que Sully a fait signe à un type de venir. Il m'a assise sur le banc à l'approche de l'homme, en me retournant prestement. Sa force était exaspérante ; j'étais une vraie poupée de chiffon entre ses mains. À peine assise, mon Dieu, oh, mon derrière était encore *cuisant*, j'ai jeté un regard rapide au gars. Juste le temps de voir qu'il était grand, mince, avec un beau visage légèrement buriné. Des cheveux noirs grisonnants sur les tempes. Il ressemblait à Richard Gere dans les années 90.

Oh, et il y avait aussi le fait qu'il était nu à l'exception d'un caleçon moulant en soie.

Il est arrivé face à nous.

– Derrière elle, lui ordonna Sully.

L'homme a obéi et enjambé le banc.

– Colle-toi contre elle, aboya Sully.

J'ai senti la chaleur du sosie de Richard Gere dans mon dos.

Je n'étais pas certaine d'aimer cela, mais là encore, ce nouveau type n'était pas repoussant et ne prenait aucune liberté. Cependant, mon cœur battait à toute berzingue. Tout s'enchaînait si rapidement ce soir que je n'avais pas eu le temps d'analyser mon ressenti par rapport à une épreuve, que nous passions déjà à la suivante. C'était peut-être le but ? Peut-être que si je ne tentais pas de tout contrôler comme à mon habitude... bon sang, peut-être que si je lâchais prise et que je faisais confiance à Sully, je le vivrais mieux ?

Sully, très calme, semblait maître de la situation. Il gardait le faux Richard Gere sous contrôle. L'homme faisait exactement ce que lui disait Sully. Et quelque part, savoir qu'il avait le pouvoir – malgré mon mépris pour lui – me rassurait.

Au moins, il ne parlait pas de moi comme sa *chienne*, et quand il l'avait fait plus tôt dans la chambre, j'ai eu l'impression que c'était plus pour m'énerver qu'autre chose.

Pourtant, je n'avais pas l'intention de baisser la garde. Ce n'était qu'une expérience de plus dans la longue liste de toutes celles que j'avais vécues dans ma vie et auxquelles j'ai survécu.

– Passe les mains devant et caresse-lui les seins.

Des mains sont apparues de chaque côté, et l'homme m'a soulevé les seins de manière expérimentale, comme pour en évaluer le poids. Puis il s'est mis à les malaxer en faisant des cercles avec les doigts, m'agaçant les tétons par de légères chiquenaudes du pouce.

– Ouiiiis, expira Sully. Exactement comme ça.

Il y avait quelque chose dans la voix de Sully, un désir qui n'existait pas avant. Il était... j'ai dégluti quand l'homme m'a pincé les tétons entre le pouce et l'index. Les yeux embrasés de Sully ne quittaient pas les miens.

Ce n'étaient pas ses mains, mais comme c'était son intention, ses directives et instructions à chaque caresse, j'avais presque l'impression que c'était les siennes.

Puis Sully s'est avancé et a promené ses propres mains le long de l'intérieur de mes cuisses. Quatre mains sur moi, toutes en quête de mon plaisir. Je n'avais jamais... Ce n'était pas du tout ce à quoi je m'attendais...

Sully s'est fendu d'un rictus de satisfaction en constatant que je mouillais.

Je ne pouvais pas m'en empêcher. Je chevauchais des montagnes russes. De la fureur à la gêne en passant par l'excitation ridicule ressentie en entendant Sully ordonner à un autre homme de me toucher. Et maintenant... ses propres mains en plus. J'ai tressailli et je me suis détendue sous leurs attouchements.

Sully s'est déplacé de sorte que tout son corps frôle le mien. Il était toujours habillé de pied en cape dans son élégant smoking. Mais sa façon de glisser les mains sur mes cuisses, de plus en plus près de mon intimité...

J'ai soupiré et arqué le dos de plaisir quand il a enfin effleuré mon clitoris du pouce, un contact à peine perceptible.

Sa voix était rauque lorsqu'il a proféré une nouvelle instruction.

– Lève ses cheveux et suce-lui la nuque, juste en dessous du lobe d'oreille.

Ma respiration s'est transformée en déglutition difficile à avaler. Bientôt, des lèvres brûlantes m'ont embrassé la nuque, obéissant avec empressement à l'ordre de Sully. Les autres bruits et activités dans la pièce se sont estompés.

Ne restait que Sully, penché sur moi... le parfum enivrant de son après-rasage.

– Tu aimes ça, hein ? Le partage a du bon, finalement, n'est-ce pas ?

– Tais-toi, ne gâche pas tout, haletai-je en voulant le toucher.

Mais il s'est éloigné avant que je puisse saisir sa chemise.

– N'oublie pas qui commande ici. Ce soir et tout le temps.

Puis il a glissé le bras entre mes jambes et m'a pincé les fesses, encore douloureuses.

J'ai grimacé, mais de l'autre main, il s'est enfin résolu à me frictionner le clito. Les feux d'artifice ont commencé à éclater de façon incontrôlable dans tout mon corps, rayonnant vers l'extérieur à partir de mon entrejambe.

Ça m'a paniquée.

Tout devenait tellement incontrôlable.

Ça ne me ressemblait pas du tout.

C'était *moi* qui édictais les règles en principe.

Je faisais des graphiques, des tableurs et j'organisais chaque journée à la minute près, parfois. Je décidais des horaires, je réglais les factures, j'emmenais les clients chez le médecin et à la clinique pour leurs examens médicaux. Chaque mois, je mettais nos maigres revenus dans des enveloppes, je découpais des bons d'achat, j'acceptais des petits boulots, je faisais tout pour assurer la subsistance de ma famille.

Mais ici, en ce moment, j'étais complètement impuissante. J'avais les fesses posées sur une banquette en cuir souple. L'odeur excitante de la sueur, du sexe et de l'après-rasage épaississait l'air. Deux paires de mains viriles sur mon corps. La voix de Sully dans mon oreille, un feulement comparé aux gémissements de plaisir et aux cris occasionnels d'orgasmes féminins feints qui résonnaient dans la pièce.

Puis Sully m'a masturbé plus savamment et il a enfoncé un doigt épais dans ma chatte mouillée et glissante le temps de recueillir de la cyprine crémeuse et de la porter à mes lèvres.

– Ouvre la bouche et goûte ta sève, ordonna-t-il.

J'ai sondé, impuissante, ses yeux démoniaques et j'ai ouvert la bouche. C'est sans douceur qu'il a enfoncé son doigt enduit de ma mouille à l'intérieur, mais je n'ai pas manqué de voir ses narines se dilater à ce geste.

J'ai compris alors que je n'avais à ma disposition aucun de mes outils de survie habituels.

Je ne pouvais pas contrôler la situation ni la transposer en feuille Excel.

Sully le savait aussi. Et aussi fainéant qu'il semblait être le reste du temps, là, à ce moment, il était complètement dans son élément.

Des flammes dansaient dans ses yeux rivés aux miens. Nos regards ne se sont pas lâchés quand il a ordonné :

– Bouffe-la pendant que je lui prends la bouche.

Immédiatement, la chaleur a disparu dans mon dos. Mais Sully ne m'a même pas laissée regarder l'autre homme. Il s'est glissé devant moi et m'a allongée sur le banc. Puis il a viré son pantalon de smoking et s'est dressé à califourchon face à mon visage.

Sa longue queue intimidante pendait devant mes lèvres, son gland rouge, impétueux et turgescent se balançant lourdement.

– Prends-la dans tes mains et suce-la comme si tu voulais aspirer jusqu'à la dernière goutte le jus de mes couilles. Comme si ta soif était insatiable. Mon foutre est ce que tu désires le plus au monde, la seule putain de chose que tu as voulue toute ta vie.

J'ai eu un spasme, jouissant presque à ses seules paroles. Parce que oui, c'était la seule chose que j'avais toujours voulue, la seule putain de chose que j'avais toujours voulue, comment ce connard, comment a-t-il...

Il a saisi sa bite et l'a avancée vers mes lèvres.

– Montre-moi à quel point tu veux ce pour quoi tu es venue ici. Convaincs-moi que tu le veux plus que tout.

Sa voix rauque et masculine grondant des ordres obscènes a fait disjoncter mon cerveau. Je ne sais pas comment justifier autrement ce que j'ai fait ensuite.

– Vas-y. Bouffe-la comme si c'était un putain de festin.

J'ai réalisé que ces mots ne s'adressaient pas à moi seulement quand une bouche chaude et mouillée s'est refermée sur mon clito.

Ma bouche a formé un O de surprise et Sully en a profité pour me fourrer sa bite entre les lèvres.

Pendant une seconde, ce sentiment de perte de contrôle a failli me faire paniquer, crier et me débattre. Combattre ou fuir. Je ne pouvais pas le faire. J'étais impuissante, je ne pouvais pas...

– Chut, c'est bien. Prends ce que je te donne. Ne réfléchis pas. Arrête de penser et agis. Suce ma bite et accepte d'être la petite putain perverse que tu es.

J'ai protesté, les émotions et les sensations physiques étaient trop fortes – mais...

Ensuite, j'ai capitulé.

Je me suis rendue.

J'ai ouvert la bouche et englouti le membre épais de

Sully le plus loin possible, en empoignant sa base uniquement pour m'ancrer à quelque chose de réel.

Son grognement de plaisir, rauque et viril, a balayé mes derniers fragments de santé mentale.

Soudain, tout ce qui me semblait si compliqué il y a quelques instants est devenu facile. Clair. Tellement simple.

Sucer la bite de Sully.

Sucer la bite de Sully comme si rien d'autre n'existait au monde. À ce moment-là, c'était le cas. Et c'était un moment si parfait que ma vie s'est axée autour de cet unique objet, le vénérer, lui procurer du plaisir, le rendre fou, le faire exploser.

Le faire encore grogner de plaisir. Lui exploser la tête. Pomper son foutre jusqu'à ce qu'il ressente le plaisir qu'il me procurait.

Car la bouche qui s'affairait sur mon clito – et que mon cerveau embrumé prenait pour une extension de Sully – enflammait toutes les parties innervées de mon corps.

– Comme ça, approuva Sully d'une voix étranglée.

Je lui faisais de l'effet et ça m'a excitée plus que tous les attouchements.

J'ai resserré les lèvres autour de son chibre, pressant son membre le plus fort possible, puis j'ai ralenti en arrivant au frein. J'ai enroulé les lèvres avec une lenteur confinant au supplice autour de son gland turgescent. Je l'ai pompé vigoureusement, tentant de lui procurer un plaisir divin tout en lui léchant le bout avant de l'enfoncer dans ma gorge à nouveau. Il m'avait fait perdre la tête. J'étais une créature écervelée, et j'allais lui faire la même chose.

Il a juré en retirant sa main emmêlée dans mes cheveux.

Il s'est penché en arrière et m'a giflé les seins, puis s'est glissé à nouveau jusqu'au fond de ma gorge.

– Putain, marmonna-t-il. Comme ça. Putain. Continue

de faire ça. Prends-moi les couilles.

Je l'ai fait. Elles étaient mûres, dures comme des bourses pleines. Je les ai prises dans mes paumes et je les ai pétries, déterminée à le traire sans merci.

Lui faire plaisir était une tâche claire et facile. La chose la plus facile que j'avais faite depuis des mois, des années, et soudain, je le voulais plus que tout.

Mon propre orgasme m'a inondée comme une vague lumineuse éclairant ma peau de l'intérieur. Des larmes ont roulé sur mes joues tandis que je haletais, criais et gémissais sur la bite de Sully, frémissante de plaisir.

Puis, avec un rugissement qui a éclipsé tout autre bruit dans la salle, Sully s'est enfoncé le plus loin possible dans ma gorge, et y a répandu le sel de sa semence.

En une telle quantité qu'il m'a inondé la gorge, puis la bouche avant de s'écouler par la commissure de mes lèvres.

Sully n'a pas retiré sa queue. Il a fait quelques va-et-vient tranquilles en me regardant d'un air surpris, le regard brûlant. Il aimait voir sa bite répandre le sperme sur ma bouche et dévaler mon cou jusqu'aux seins.

J'ai eu l'impression que nous sommes restés comme ça pendant une demi-heure, mais ce n'était probablement que quelques minutes. Sully s'est finalement retiré, enjambant le banc pour remettre ses jambes du même côté. Je me suis demandé si c'était fini. L'Épreuve était-elle terminée ?

Les autres membres semblaient trop occupés par leur propre bite pour nous accorder plus d'attention. Il n'y avait que nous deux dans ce coin de la pièce. J'ignorais où était parti l'autre homme et je m'en fichais.

Sully n'a pas dit un mot. Il a tendu la main, essuyé le sperme qui brillait encore sur ma lèvre inférieure et l'a étalé sur ma gorge et mes seins.

Comme s'il marquait son territoire.

CHAPITRE 7

PORTIA

JE N'AVAIS JAMAIS RIEN VÉCU de tel : un moment d'une intensité extrême suivi de la période de sinistrose la plus chiante du monde.

Trois jours après l'expérience sexuelle la plus époustouflante de ma vie, j'étais à deux doigts de péter un câble. Mon prétendu « partenaire » dans cette aventure avait décidé de se noyer au fond d'une bouteille, ce qui n'arrangeait rien.

Ou je devrais dire : d'une caisse de bouteilles.

Je ne pense pas qu'il ait été sobre une seule fois depuis la soirée du collier et ce que nous avons fait en bas... J'ai touché mes joues chauffées à bloc. De toute façon, on l'avait examiné depuis.

Parfois, il ne voulait même pas quitter la chambre pour les repas, alors *je* restais enfermée ici avec lui, moi aussi. Parce que le sacro-saint Manuel interdisait aux femmes de sortir de la chambre sans être escortées par leur Initié. Des conneries de machos sexistes. J'étais prisonnière à moins que Sully n'accepte de m'emmener dehors. Merde, même les *chiens* ont droit à la promenade !

Je jure que si je restais plus longtemps enfermée entre quatre murs, j'allais hurler.

J'ai été gentille. Je l'ai laissé tranquille pour qu'il réfléchisse... eh bien, à ce qui occupait les pensées des jeunes gens riches et privilégiés qui n'avaient pas besoin de travailler. Mais j'avais atteint ma limite. J'étais comme une plante. J'avais besoin de soleil et de vitamine D pour vivre.

Je me suis dirigé vers la fenêtre et j'ai ouvert les rideaux, inondant la pièce de la lumière vive de la fin de matinée.

– Debout là-dedans ! m'exclamai-je joyeusement.

Sully a gémi et tiré les draps sur sa tête, s'enfonçant plus profondément dans son oreiller.

J'avais déjà rangé le matelas fait d'oreillers et de couvertures sur lequel je dormais près de la baie vitrée, mais le grand lit n'était qu'un amas de draps et couverture enchevêtrés comme tous les jours.

Il avait tout mis en vrac le premier jour et refusait depuis que Mme Hawthorne fasse le lit.

– Allez, m'impatientai-je. Pas de grasse matinée pour les gosses de riches pourris gâtés. Hop ! Hop ! Certains d'entre nous tiennent à rester en forme et en bonne santé.

Et ont surtout envie de sortir de cette prison étouffante.

– Recouche-toi, grogna-t-il pour seule réponse.

Oh la vache, il était sérieux ?

– Mais il est déjà dix heures du matin et tu ne fais rien d'autre que roupiller, m'indignai-je. C'est comme ça que tu passes ta vie ? Ou plutôt que tu « gâches » ta vie ?

Si j'étais chez moi, j'aurais déjà préparé le petit déjeuner pour tout le monde, emballé les repas de midi et plié et rangé la lessive de la veille au soir.

J'ai essayé de rester debout hier soir pour surveiller la

consommation d'alcool de Sully afin que la journée d'aujourd'hui soit peut-être différente des précédentes, mais cela n'a servi à rien.

J'étais trop habituée à m'écrouler dans mon lit, épuisée, vers vingt et une heures trente, vingt-deux heures au plus tard.

Sully en était à son quatrième verre alors, mais vu le nombre de bouteilles jonchant le sol, je parie qu'il a abandonné les verres pour boire directement à la bouteille à un moment donné.

Était-ce un buveur invétéré, ou essayait-il simplement d'éviter d'avoir une vraie conversation avec moi ?

Dans les deux cas, il fallait que ça change. Mon corps en souffrait. Ne pas avoir de routine n'était pas bon pour moi. À certaines heures, j'étais fatiguée et découragée, tandis qu'à d'autres, je me sentais pleine d'énergie, mais sans moyen de la dépenser.

Hier, j'ai joué au solitaire pendant des heures — une distraction dérisoire, car je passais chaque minute d'inattention à penser aux filles à la maison, de façon obsessionnelle.

Tanya était facilement débordée par un surcroît de responsabilités. Je n'étais pas sûr de l'aide que Reba pouvait lui apporter, et LeAnn n'était encore qu'un bébé. Bon d'accord, quatorze ans, ce n'est pas si jeune. À cet âge, j'étais déjà une mini-maman ou du moins le bras droit de ma mère. Mais nous avons toutes essayé de préserver l'enfance de LeAnn, de sorte qu'elle était plus bébé que nous ne l'étions à son âge.

Quand mon père était à la maison, il avait des idées très arrêtées sur le rôle des hommes et des femmes. Il gagnait de l'argent, et en retour, nous lui avions créé un foyer agréable et confortable. C'était le moins que nous puissions faire pour avoir le culot de n'être que des filles, une maison sans grands gaillards pour perpétuer le nom et l'héritage de la famille.

Ha ! Quel héritage ! En cas de difficultés, apparemment les « vrais hommes » fichaient le camp.

J'ai regardé Sully d'un air dégoûté. Combien de soirs avais-je vu mon père dans cet état ? Un homme qui aurait pu être quelqu'un, mais qui n'était rien. Je crois que j'ai détesté mon père encore plus pour ses manquements. Je savais qu'il aurait pu être à la hauteur s'il avait exploité ne serait-ce qu'un iota de ses capacités et de sa force de caractère qu'il avait apparemment perdues depuis belle lurette... à l'époque où ma mère était tombée amoureuse de lui.

Je connaissais les hommes. Et j'ai été bête de penser que je pouvais me relâcher et baisser ma garde, même d'un pouce, en présence de Sullivan Van Doren.

J'ai pris mon courage à deux mains, j'ai saisi le haut du drap et j'ai tiré d'un coup sec. Toute la literie a été emportée par mon geste, pour mon plus grand plaisir.

Tiens. Prends *ça.*

– Putain de merde ! hurla Sully, en se protégeant les yeux de la lumière du jour. Rends-moi les draps, putain, ou tu vas le regretter.

J'ai détalé à reculons, mais j'ai trébuché et je me suis ramassée. De ma position sur le sol, je pouvais voir sous le lit. Mes yeux se sont exorbités quand j'ai vu une caisse dans le coin au fond. Une caisse pleine d'alcool.

La nuit, allongée sur la paillasse, il faisait trop sombre pour que j'aperçoive quoi que ce soit sous le lit. Mais à la lumière du jour, je voyais tout. Il y avait une caisse portant une étiquette de bourbon hors de prix, et à côté, deux autres bouteilles de whisky et de vodka d'une marque réputée.

– Espèce de...

J'ai lâché les draps de Sully, qu'il m'a immédiatement arraché des mains pour se couvrir. Le lit a grincé au-dessus de moi, et je l'ai imaginé se tourner sur le flanc pour se rendormir. Il a ronflé presque immédiatement.

Ce qui m'a mise hors de moi.

Il pensait pouvoir traverser ces trois mois dans un semi-coma éthylique alors que j'étais obligée de vivre ici, sobre comme un chameau ?

Pas question, mon pote.

Une fois que ses ronflements sont devenus profonds et sonores, j'ai glissé mon corps menu sous le lit pour attraper la caisse. En calant un pied contre le mur, j'ai réussi à la tirer même si elle était sacrément lourde. Les bouteilles se sont entrechoquées bruyamment.

J'étais sûre que Sully allait se réveiller, mais il ronflait toujours.

J'ai étouffé un fou rire.

Après avoir sorti la caisse, je suis retournée chercher les bouteilles isolées. Puis j'ai tout rassemblé et j'ai ouvert la fenêtre.

Une fois le largage prêt, j'ai crié à pleins poumons :

– Sully ! Réveille-toi ou je balance tout !

Il a bondi au son strident de ma voix et, paupières mi-closes, il a grimacé à contre-jour. Il allait se retourner de nouveau en continuant de m'ignorer, mais j'ai pris deux bouteilles que j'ai entrechoquées bruyamment.

C'était à l'évidence un son qu'il connaissait bien, car il a enfin attiré son attention. Il a repoussé le drap et s'est assis, l'air adorablement confus, mais aussi, malheureusement, terriblement sexy avec la barbe de trois jours qui lui ombrait la mâchoire.

Il n'est pas sexy, c'est l'ennemi, je me suis réprimandée, mais son grognement de colère m'a rapidement remis les idées en place.

– Qu'est-ce que tu fous, bordel ?

J'ai baissé les yeux vers la grande caisse de bouteilles en équilibre précaire sur le rebord de la fenêtre ouverte. J'avais soigneusement posé les bouteilles dépareillées sur le dessus.

– Je pense qu'on devrait édicter une nouvelle règle : interdiction de boire de l'alcool.

Sully s'est redressé, les yeux bien en face des trous. Perçants, noirs, et furieux. Un frisson m'a parcouru l'échine. J'ai souri et levé une bouteille que j'avais pris soin de déboucher, et je l'ai retournée la tête en bas.

Un liquide ambré s'est déversé sur la pelouse verte en contrebas. C'était un tableau magnifique sous le soleil doré du milieu de matinée.

– Arrête !

Sully a affiché une expression de panique et tendu la main comme si ça allait stopper le flot de whisky à mi-course.

– Tu es prêt à négocier ?

Mais le regard de Sully s'est assombri.

– Je ne négocie pas avec les terroristes.

J'ai haussé les épaules.

– Tant pis. Je ne crois pas que l'alcool soit autorisé dans la chambre de toute façon.

Sur ce, j'ai jeté un rapide coup d'œil en bas pour m'assurer qu'aucun jardinier ou personnel ne passait au même moment, puis j'ai poussé la caisse entière par la fenêtre, en jetant les deux dernières bouteilles après pour faire bonne mesure.

La cargaison a explosé sur la pelouse dans une fantastique gerbe de verre, de liquide et de bois. J'ai souri, extrêmement contente de moi.

Enfin, jusqu'à ce que je tourne la tête et aperçoive le visage sombre et furieux de Sully.

– Tu vas le regretter, ma fille.

CHAPITRE 8

SULLY

L'ÉTRANGLER OU LA BAISER.

J'allais faire l'un ou l'autre.

– T'as perdu la tête ? aboyai-je en bondissant du lit à poil, sans me soucier qu'elle voie ma bite. T'as idée de la somme d'argent que tu viens de jeter par la fenêtre ?

Elle a haussé les épaules comme si elle n'avait rien fait de mal. Puis elle est passée devant moi, sans frémir face à ma colère ou ma nudité.

– Je suis sûre que c'est que dalle pour toi, M. Gosse-de-Riche. Maintenant, tu pourras peut-être faire autre chose de ton temps que picoler et cuver.

Je me suis appuyée nonchalamment contre la colonne de lit et j'ai croisé les bras.

– Tout d'abord, princesse, ce manoir regorge de réserves d'alcool. Je ne risque pas de tarauder à sec.

Je bouillonnais, mais je n'allais pas lui montrer à quel point. Je ne voulais pas qu'elle sache que son petit numéro m'avait mis hors de moi. Je devais garder mon sang-froid et rester concentré.

Elle a inspiré à fond, et j'ai vu ses épaules monter et descendre. Elle n'a rien dit, mais son regard était éloquent : *va te faire foutre, connard.*

— J'ai essayé d'être gentil, dis-je en m'avançant vers elle.

Elle a ricané.

— Gentil ? C'est ça que t'appelles être gentil ? s'esclaffa-t-elle. Je suis curieuse de voir à quoi ressemble ta méchanceté, espèce de trouduc.

— Tu n'as pas encore vu mon mauvais côté, ni cette partie de mon anatomie, crois-moi.

Elle a plaqué les mains sur les hanches.

— Franchement, ce que j'ai vu jusqu'ici ne me fait pas peur. T'es pathétique.

— Tu ne sais pas encore quand tu dois fermer ta jolie bouche, hein ? menaçai-je en faisant un nouveau pas vers elle. Il est grand temps qu'on ait une discussion sur les règles à suivre ici. Tu es dans mon monde maintenant. Mon monde. Et tu as manifestement besoin d'un peu d'éducation.

— Arrête, dit-elle en reculant vers les sièges devant la cheminée. Ne t'approche pas. (Elle a lorgné brièvement ma bite.) Et habille-toi.

— Quand vas-tu comprendre que ce n'est pas toi qui exiges des choses ici ? Tu ne contrôles rien du tout, ma jolie.

J'ai réduit la distance entre nous, l'ai saisie par le bras et tirée vers le lit. Je l'ai jetée sur le matelas et je me suis mis à califourchon sur elle, lui clouant les poignets au-dessus de la tête.

Elle s'est débattue en couinant, mais mon poids rendait vaine toute tentative de fuite de sa part.

— Lâche-moi ! hurla-t-elle.

Elle basculait la tête d'un côté à l'autre en se tortillant sous moi.

– Ou sinon ?

J'aimais lui montrer qu'elle n'avait aucun pouvoir dans cette situation. Elle ne pouvait absolument rien faire pour me repousser, et ce n'était pas elle qui commandait.

C'était moi.

– Je pense qu'il est temps que je t'apprenne une leçon. Une vraie leçon. Ce n'est pas toi qui as le pouvoir ici. Même pas un peu.

Emprisonnant ses poignets d'une main, j'ai utilisé l'autre pour baisser son pantalon.

Pourquoi devrais-je être le seul à poil dans cette chambre ?

– Qu'est-ce que tu fais ? Arrête !

Elle s'est tortillée pour se libérer, et même si elle avait de la force, j'étais le plus fort.

– C'est l'heure du sport matinal. C'est toi qui veux toujours me traîner dehors pour courir... eh bien, je suis prêt à faire quelques exercices.

– Lâche-moi ! Tout de suite !

– Avec plaisir. Ça rendra ma mission encore plus facile.

Je l'ai tirée violemment sur ses pieds et j'ai baissé son pantalon en même temps. L'action était suffisamment brusque pour que Portia ne puisse pas m'en empêcher. Je me suis arrêté juste le temps d'apprécier son string en dentelle noire, mais il devait virer aussi.

Je l'ai poussée contre le mur pour la déshabiller plus facilement et la mater. Je dois avouer que cette petite diablesse m'en faisait voir de toutes les couleurs avec sa fougue. Mais j'étais un homme déterminé, et mon but était de la foutre à poil.

– Tu ne peux pas faire ça ! s'égosilla-t-elle.

J'ai enfin réussi à dégrafer son soutif et à le jeter par terre.

– On dirait que je peux, pourtant, lui dis-je, un brin essoufflé par l'effort.

– Ce n'est pas une Épreuve ! Je ne suis pas obligée de baiser ! Les Anciens ne nous surveillent pas. La chambre est une zone protégée ! Je refuse et...

– Je ne te demande pas ton avis ! grognai-je.

J'ai enfin réussi à la déshabiller complètement. Puis je lui ai cloué les mains au-dessus de la tête et j'ai frotté ma grosse queue bandée contre sa peau douce.

Putain, j'avais envie de la fourrer. Mais j'avais d'autres projets en tête.

– T'es une sale gosse, Portia Collins. Et je vais t'apprendre ce qui arrive aux petites pestes comme toi. Tu joues dans la cour des grands maintenant, et tu vas vite comprendre qu'il ne faut pas me chercher.

Elle a levé le genou, mais a heureusement manqué mes couilles qui, je le savais, étaient sa cible de choix. Je lui ai écarté les jambes et me suis inséré entre ses cuisses, puis j'ai appuyé de tout mon poids contre elle. J'ai resserré ma prise autour de ses poignets et j'ai penché mes lèvres vers son cou, puis je l'ai mordue. Décidant de laisser ma marque sur sa jolie peau, je me suis mis à la mordiller, la sucer, l'aspirer pour la revendiquer comme ma propriété.

– T'es un connard d'ivrogne, cracha-t-elle.

Pourtant, elle avait cessé de se débattre dès les premières morsures.

– Et t'es une chieuse vénale. Alors on mérite tous les deux une médaille.

J'ai continué de marquer son cou, aimant l'idée qu'elle verrait mes suçons chaque fois qu'elle se regarderait dans la glace.

– Je ne suis pas vénale.

J'ai reculé et je l'ai regardée dans les yeux.

– J'ai honte de toi, princesse. Je ne te pensais pas menteuse.

Ses lèvres étaient si proches qu'une forte envie de les embrasser s'est emparée de moi. J'ai chassé cette idée, la mettant sur le compte d'une folie passagère.

– Je ne suis pas une menteuse, cracha-t-elle. Tu ne sais rien de moi.

– Tu ne sais rien de moi non plus, rétorquai-je. Et pourtant, tu penses que tu peux me regarder de haut avec ton diadème et me juger en permanence, jour et nuit. Et tu me reproches d'avoir envie de boire pour oublier ?

– Très bien. Lâche-moi et je te laisserai tranquille à partir de maintenant. Tu restes dans ton coin de la pièce, et je reste dans le mien.

J'ai ricané.

– Trop tard. T'as franchi le point de non-retour. Quand je t'ai dit que tu allais regretter ce que tu as fait, je ne plaisantais pas. Je ne fais pas de menaces en l'air.

– Je vais hurler.

– Mais j'espère bien, dis-je en faisant un sourire sarcastique.

J'ai lové sa chatte pulpeuse au creux de ma paume, et palpé sa chaleur. Elle a gémi et fermé les paupières, ce qui m'a fait tressauter la queue.

– Quand tu as giflé un membre de l'Ordre l'autre soir, tu aurais vraiment pu tout faire foirer pour nous deux. Si ça avait été un Ancien ou un type procédurier, on aurait dû toi et moi subir le châtiment qu'ils auraient imaginé, sinon échouer purement et simplement à l'Initiation. Je ne sais pas pour toi, chérie, mais je ne fais pas ça par plaisir. Ce trou à rats n'est pas exactement mon idée du paradis. On est ici en vue d'atteindre un objectif et ce n'est pas ton petit ego qui va ruiner mes chances de réussir.

Je lui ai giflé la chatte, puis j'ai enfoncé le majeur dans sa moiteur et je l'ai fait coulisser lentement à un rythme régulier. Elle a protesté avec virulence, mais n'a pas combattu l'intrusion.

Lâchant ses poignets, j'ai utilisé ma main libre pour lui caresser les seins tout en la doigtant pour la soumettre. Je voyais encore les flammes danser dans ses yeux, mais elle ne tentait plus de me repousser.

– Tu mouilles, dis-je, aimant la rapidité avec laquelle son corps réagissait à mes attouchements. Une vraie fontaine.

Elle n'a pas répondu, mais elle a fermé les yeux et écarté les lèvres. Sa chatte s'est contractée autour de mon doigt alors que sa respiration s'accélérait.

– Tu veux jouir dans ma main, princesse ? Enduire mon doigt de ta crème ?

Ses halètements se sont transformés en doux gémissements et elle s'est mise à accompagner le va-et-vient de mon doigt d'un balancement de hanches. J'ai introduit un deuxième doigt et cessé de bouger la main. Je les ai écartés comme des ciseaux, en élargissant son canal, tout en l'enduisant du jus de son excitation. Puis j'ai retiré mes doigts et ricané quand elle a geint de déception.

– Ne t'arrête pas, gémit-elle, continue.

Je l'ai retournée pour que ses seins soient contre le mur, et je lui ai donné une grosse claque sur le cul.

– Tu ne commandes pas, Portia. Tu n'as pas à me dire ce que je dois faire. C'est cette attitude qui te causera des ennuis et me forcera à réparer tes conneries. (Je lui ai empoigné les cheveux et tiré la tête en arrière.) Mets tes mains sur le mur.

Elle a obéi tout de suite. Sans lui lâcher les cheveux, je

lui ai giflé les fesses sans répit, appréciant qu'elle reste dans cette position sans broncher.

La bataille ne me dérangeait pas, mais putain, ce que j'aimais la reddition.

Profitant du fait que mes doigts étaient encore enduits de sa mouille, je les ai posés sur son anus et j'ai palpé vigoureusement sa rondelle. Je n'ai pas ouvert de brèche, mais j'ai rendu leur présence perceptible. Portia s'est tendue, mais elle n'a pas changé de position.

Je lui ai tiré les cheveux en lui enfonçant un doigt dans le cul. Elle a gémi, mais ne s'est pas débattue. Centimètre par centimètre, j'ai introduit mon doigt jusqu'à ce qu'il soit fermement implanté dans son rectum.

– Il est temps d'aller faire notre promenade matinale, dis-je en lui lâchant les cheveux.

Tout ce dont j'avais besoin pour tenir ma chienne en laisse, c'était d'un doigt crocheté à l'intérieur de son petit trou du cul serré.

– Sully... haleta-t-elle.

– Allons à la fenêtre pour voir les dégâts causés par ta faute.

Je l'ai poussée en avant de la main, enfonçant le doigt plus profondément dans son anus. Je l'ai gardé courbé comme un crochet pour avoir le contrôle total de son corps.

Portia s'est mise à marcher avec précaution, se hissant sur la pointe des pieds lorsque le mouvement a fait pénétrer mon doigt encore plus profondément dans son cul. Elle ne s'est cependant pas arrêtée, et a continué sa progression vers la fenêtre.

– C'est bien. Continue de marcher, la félicitai-je en savourant la façon dont ses fesses me caressaient le poignet dans leur lente ondulation pour avancer. Allons voir ce que la vilaine fille a fait aux pelouses des Oléandres. Je suis sûr que le personnel va t'adorer.

– Je suis désolée, dit-elle alors que je l'écrasais contre la fenêtre pour qu'elle regarde en bas. Je n'avais pas l'intention d'obliger quelqu'un d'autre à nettoyer les dégâts.

– Je devrais peut-être te faire tout ramasser avec mon doigt planté dans le cul, suggérai-je.

Elle s'est tendue, mais n'a pas répondu.

J'ai sorti mon majeur, mais seulement pour lui remettre aussitôt et lui doigter le cul sans ménagement. Elle a miaulé de telle sorte que j'ai songé à lui fourrer ma bite dans le cul à la place, mais je devais rester concentré sur mon intention initiale.

Portia Collins devait apprendre à se soumettre.

– Passons en revue quelques règles. Première règle : je ne fais rien le matin. Mais si tu me laisses dormir jusqu'à une heure raisonnable et arrêtes de faire du boucan avant même que le soleil ne soit levé, je te promets de sortir du lit et de t'emmener courir. Deuxième règle : tu arrêtes de dormir sur ce foutu plancher. Je suis peut-être un sale con, mais le gentleman du Sud que je suis par naissance déteste ça. Tu dormiras dans le lit avec moi que ça te plaise ou non. Et troisième règle : tu arrêtes de te battre avec moi sur tout. Je connais bien ce monde. Je l'exècre, mais je le comprends. Pas toi. Tu vas devoir me faire confiance. Alors quand je te dis de sauter, tu me demandes seulement à quelle hauteur tu dois sauter. Ces règles sont-elles claires pour toi ?

Elle a opiné et posé les paumes à plat sur la fenêtre pour se stabiliser alors que mon doigt malmenait son petit trou serré.

Tout en lui doigtant vigoureusement le cul, je me suis penché vers son oreille et j'ai murmuré :

– La seule façon de survivre ici, c'est que tu joues ton

rôle de gentille fille obéissante. Tu n'aimes peut-être pas ça, mais ce n'est pas toi qui décides ici. Est-ce que c'est clair ?

J'ai adjoint un deuxième doigt au premier, ce qui l'a fait crier.

– Oui. Oui.

Elle a hoché la tête, en respirant par petites bouffées.

– La prochaine fois que tu mets ma patience à l'épreuve ou que tu cherches la bagarre, ce ne sera pas un doigt dans ton cul, mais quelque chose de beaucoup plus gros. Tu as compris.

Elle a opiné de nouveau, mais sa réponse ne m'a pas satisfait. Je lui ai doigté le cul de plus belle.

– Oui, glapit-elle en se hissant sur la pointe des pieds pour répondre. Je serai une gentille fille obéissante à partir de maintenant.

– Entre ces murs, ce sont les hommes qui ont le pouvoir. C'est comme ça. Est-ce salaud ? Oui. Mais ça a toujours été comme ça et croire que ton petit cul de blonde peut changer cet état de fait est ridicule.

J'ai ressorti lentement mes doigts, puis je les ai réintroduits sans effort.

– Ah, gémit-elle en pleurant presque. Ça fait mal ! C'est trop gros. Tu m'étires vraiment trop.

– Tant mieux. Peut-être que tu t'en souviendras la prochaine fois que tu penseras que c'est toi qui décides.

J'ai continué de lui doigter le cul en ciseaux, prenant un plaisir pervers à l'entendre geindre et souffler.

– Alors, réponds-moi encore. Qui commande dans ce manoir ?

– Les hommes, répondit-elle docilement.

– Bonne petite, dis-je en retirant les doigts de son cul.

Résistant à l'envie de la pousser sur le lit et de la baiser, j'ai décidé que la punition serait plus efficace si je la laissais sur sa faim. Elle n'avait pas pu jouir et j'espérais que ce manque la rendrait folle. En faisant appel à toute ma volonté, je me suis dirigé vers la salle de bain, j'ai fermé la porte derrière moi et j'ai tourné le robinet de la douche.

Sur l'eau froide.

CHAPITRE 9

MERDE, ils seraient à mes trousses d'une minute à l'autre. Je devais faire vite.

Ou plutôt *courir*. Je devais *courir vite*. Plus vite que je n'ai jamais cavalé de toute ma vie.

Parce que figurez-vous que nous avons reçu une nouvelle invitation pendant le dîner. Dès qu'il l'a lue, Sully a pâli, ce que je n'ai pas pris pour un bon signe.

« Chasse au renard. » C'est tout ce qu'il a pu dire avant que je lui prenne le bristol des mains, ainsi que la grande boîte blanche livrée avec l'invitation.

À l'intérieur se trouvait une cape en cuir qui sentait le siècle dernier. Une tête de renard empaillé aux yeux en verre était cousue à la capuche.

Oh, mais ce n'était pas le seul contenu de la boîte. Bien sûr que non. Pas avec ces vicelards sadiques.

Il y avait aussi une queue de renard roux en fourrure... fixée au bout d'un plug anal.

Au moins, elle était neuve, encore dans l'emballage. Mais merde, c'était quoi ces conneries ?

– Ils ne peuvent pas sérieusement vouloir que... commençai-je avant de croiser le regard dur de Sully.

– C'est précisément leur intention.

Il nous restait quelques heures avant le début de la chasse au renard. Ou plutôt de la chasse à l'homme. N'avais-je pas lu un roman sur ce thème au lycée ? *Le plus dangereux des jeux* ? La loi interdisait ce genre de sport.

On ne pouvait pas chasser des êtres humains pour le plaisir !

Mais alors que je fuyais à travers les sous-bois, sans m'écarter de la lisière de la forêt, je devais admettre que je me trompais. À chaque foulée, mon anus se contractait involontairement autour du plug anal solidement fiché en moi. Bon Dieu, c'était la dernière chose sur laquelle me concentrer en ce moment.

Car apparemment, on pouvait chasser des gens pour le plaisir. Peu importe leur façon de me déshumaniser, j'étais bel et bien un être humain déguisé en renard ce soir.

Les hurlements de la meute au loin me donnaient la chair de poule.

Nous étions en janvier, et même la Géorgie connaissait des températures glaciales en hiver. Je voyais la vapeur de mon souffle à chaque respiration. Et à part la cape et le gode, il n'y avait rien d'autre dans la boîte, évidemment.

Je n'avais même pas droit à des *chaussures*.

Je ne sentais plus mes orteils, et je n'étais dehors que depuis vingt minutes. Un des Anciens m'a assuré, avec un sourire baveux et désagréable que la température n'aurait pas d'importance quand j'ai osé poser la question. Il m'a garanti que je serais capturée et saignée avant que le froid ne fasse de réels dégâts sur mon corps. À sa façon de se tordre les mains, j'ai compris qu'il espérait être le salopard qui m'attraperait.

Peu importe ce que signifiait cette foutue « saignée ». On ne m'avait pas donné la définition du mot et je ne voulais pas la connaître. En fait, j'essayais résolument de ne pas y penser.

J'avais commencé à demander comment je pouvais « gagner » le jeu — si je pourrais leur échapper jusqu'au matin ou...

Mais Sully avait secoué la tête et m'avait saisi le poignet en guise d'avertissement. C'est là que j'ai compris. Ce n'était pas censé être un jeu équitable. Je n'avais aucun moyen de gagner. Je ne pouvais que perdre : être capturée et « saignée ».

Le jeu consistait à voir lequel de ces barbares me ramènerait comme trophée pour la soirée.

J'avais envie de vomir.

Surtout maintenant que je courais pour sauver ma peau alors que les aboiements des chiens, suivis d'un long coup de corne, ont signalé que mes vingt minutes d'avance étaient écoulées.

Merde ! J'étais en retard sur mon plan.

Parce que je savais quelque chose que ces méchants bonshommes qui me pourchassaient à cheval ignoraient : la petite renarde était rusée.

Je me suis enfoncée dans les bois et j'ai arraché la cape puante qu'on m'avait donnée soi-disant par bonté et pour protéger ma peau tendre des éléments.

Mais quelqu'un m'avait prévenue. En réalité, le cuir avait été aspergé d'une odeur particulière, sorte d'enseigne au néon géante pour ces limiers entraînés à la chasse.

Comme si tout ce jeu n'était pas déjà assez truqué... une armée de membres de l'Ordre montée sur des chevaux effrayants, entourés d'une meute de chiens renifleurs pour chasser une simple jeune fille dénudée et pieds nus dans les bois.

Mais non, ils essayaient de nous piéger, nous les « renardes », en nous donnant cette cape prétendue faire partie de la tradition pour qu'on se sente moins nues. Alors qu'en fait, ce n'était qu'une ruse ignoble pour nous retrouver plus vite grâce à l'odeur vaporisée sur le cuir à notre insu.

Ma fureur rendait mes mouvements plus rapides et plus précis.

J'ai investi une petite zone et entrepris de frotter la cape contre tous les troncs qui s'y trouvait.

Aïe ! *Merde.* J'ai marché sur une autre foutue branche dans l'obscurité qui m'a écorché la plante des pieds et fait un mal de *chien.* Difficile de regarder où on met les pieds tout en, eh bien, fuyant à travers les bois.

Concentre-toi. Ne t'énerve pas contre ce qui n'est pas sous ton contrôle. C'est le mantra de toute ma vie, non ? Je devrais être douée pour ça depuis le temps. Je me suis mordu la joue contre la douleur au pied et j'ai froissé la cape secrètement embaumée en boule. Puis je l'ai lancée aussi haut que possible dans les branches d'un pin imposant juste au-dessus de moi.

Elle m'est retombée sur la tête. Je lui ai jeté un regard noir. Puis je l'ai relancée, avec plus de force. Elle s'est coincée dans les branches. *Dieu* merci. Même si Dieu n'avait pas grand-chose à voir avec le merdier dans lequel je me trouvais à l'heure actuelle.

J'ai regardé en l'air, et comme je l'espérais, la cape était invisible dans l'obscurité, masquée par les branches et les gerbes d'aiguilles de pin noires.

Puis j'ai couru à bride abattue..., en direction du lac, sentant le plug anal à chaque foulée. Il était impossible de sprinter avec un gros gode enfoncé dans le cul et ne *pas* le sentir.

Pour atteindre le lac, je devais courir en diagonale dans la direction d'où venait la cavalcade assourdissante des sabots. C'était de la folie. C'était dingue. Qu'est-ce qui me prenait ? C'était un plan idiot.

C'était le seul plan.

Ils veulent te *saigner*, tu te souviens ?

Merde. J'ai resserré la main autour du plug et j'ai cavalé plus vite. Dieu merci, au moins il n'y avait pas d'épines sur la pelouse bien entretenue qui léchait la forêt environnante. Un aménagement paysager astucieux pour me donner la *victoire*.

Je me suis concentrée sur le chemin à suivre. Pas de distraction. Fichtre, c'était ma seule chance. Une chance sur un million.

Je n'aurais pas été aussi sûre de mon plan si le mot ne m'avait pas donné ces indications.

Le mot... merci mon Dieu pour le mot.

J'ai prié que ce ne soit pas un plan tordu qui mène à ma perte. Parce qu'avec ces enfoirés de sadiques, une fille n'était jamais à l'abri. Mais je devais prendre le risque, sauter dans le vide.

Le lac est enfin apparu au loin. La surface reflétait des lumières venant de la rive, peut-être du manoir lui-même.

Le moment était venu de faire ce saut dans le vide.

SULLY ÉTAIT de mauvaise humeur depuis l'arrivée de la boîte après le dîner plus tôt dans la soirée. Je pense que nous espérions tous les deux avoir une soirée tranquille. Nous étions tombés dans une forme de routine. Au bout de trois semaines, c'était ça ou devenir fou.

Et après sa petite *leçon* de l'autre jour... eh bien, je devais reconnaître que nous nous entendions mieux.

Je le laissais faire la grasse matinée. Mais c'était seulement parce que je dormais dans le lit comme il l'avait exigé. Le matin, je me réveillais toujours aux aurores... mais dans les bras d'un grand gaillard du Sud enroulé autour de moi comme si j'étais son doudou. J'essayais de ne pas trop interpréter son geste. Il avait probablement l'habitude d'enlacer tout ce qui se trouvait dans son lit. Après tout, quand je dormais par terre, il roulait les draps en boule contre lui toutes les nuits. Alors ça ne voulait sûrement pas dire grand-chose qu'il se blottisse contre moi dans la nuit.

Pour un mec aussi ronchon, il était étonnamment câlin.

Il est vrai que le câlin débouchait généralement sur un rapport sexuel quand sa gaule du matin effleurait ma peau douce... mais ce n'était pas une si mauvaise façon de commencer la journée.

Quant à la façon dont nous passions ces journées interminables... Généralement, Sully était d'humeur maussade et insensible à mes manœuvres pour attirer son attention. Mais parfois, j'arrivais à le tirer de sa morosité le temps d'une partie de Monopoly ou de Scrabble, ou encore mieux, de Speed Scrabble.

Il avait étonnamment l'esprit de compétition pour quelqu'un d'aussi apathique le reste du temps. Ou peut-être que ça l'horripilait de perdre contre *moi*. Après une partie particulièrement serrée la semaine dernière, il m'avait soulevée du sol où nous jouions et balancée sur le lit parce qu'il avait décidé de « me montrer qui est le patron. »

Depuis, chaque partie amicale semblait se terminer par

une bagarre sur le lit, jusqu'à ce que Sully affirme sa domination.

Et euh, je dois avouer que ce n'était pas la pire façon de passer le temps.

Le sexe égayait certainement l'humeur de Sully et je... disons que je préférais ne pas trop y penser.

Nous étions des adultes consentants, nous nous amusions, et si nous envoyer en l'air était le meilleur moyen de traverser ces trois mois sans nous entretuer... eh bien, pourquoi chercher midi à quatorze heures ?

Mais le Sully paisible et moins caustique a disparu dès l'arrivée de l'invitation à la chasse au renard. Il m'a ordonné sèchement de me mettre le plug anal pendant qu'il se douchait. « Utilise le lubrifiant, ça aide », voilà tout ce qu'il a dit d'un ton détaché avant de disparaître dans la salle de bain pour l'une de ses douches interminables.

Heureusement qu'il a mis un temps fou à revenir, car il m'a fallu plus de temps que j'oserais l'avouer pour insérer le gode en verre avec la queue de renard dans mon derrière. Il ne voulait tout simplement *pas* entrer au début. Normal, je n'avais jamais eu d'objet dans les fesses avant la semaine dernière quand Sully... quand Sully...

Oh mon Dieu, j'avais honte de penser à ce qu'il avait fait. Me balader ici et là comme une marionnette lubrique avec son doigt dans...

Mais Sully avait raison. Le lubrifiant m'a sauvé la vie.

La sensation était bizarre, cependant. Encore plus bizarre quand j'ai voulu me lever et marcher. Ma main s'est involontairement agrippée autour, agitant la queue en fourrure qui m'a chatouillé le dos des cuisses.

Trop, trop bizarre.

Après la douche de Sully, j'ai entendu le sèche-cheveux

vrombir dans la salle de bain. Apparemment, monsieur voulait avoir l'air *chic* pour ses potes chasseurs, hein ?

Je ne savais même pas par où commencer pour me préparer mentalement à l'épreuve que j'allais affronter. Je n'aurais pas craché sur un soutien moral.

Mais ce n'était pas le genre de relation que Sully et moi avions. Autant m'en souvenir maintenant plutôt que de laisser notre vie intime me brouiller l'esprit. Nos rapports sexuels ne signifiaient rien pour Sully.

J'étais un corps chaud et consentant quand il n'avait rien d'autre sous la main. Il s'ennuyait. J'avais coupé sa consommation d'alcool. Le sexe arrivait juste après la picole sur la *Liste des distractions du playboy débauché,* non ?

J'ai baissé les yeux.

Étais-je vraiment si différente d'une putain après tout ?

Sully est sorti de la salle de bain entouré d'un halo de vapeur. Il a froncé les sourcils quand il m'a vue.

– Pourquoi tu n'es pas habillée ?

J'ai ri. Puis j'ai réalisé qu'il était sérieux.

– Avec quoi ? Ça ?

J'ai désigné du doigt la vieille cape en cuir avec la tête de renard grotesque dépassant de ce que j'avais pris le pli d'appeler la *boîte à costume.* Elle était posée sur le bureau antique contre le mur, près d'une des immenses fenêtres.

– C'est la règle du jeu. C'est tout. Tu n'as pas le droit de porter autre chose que cette cape.

Il est allé chercher la boîte, puis il l'a posée sur le lit et l'a poussée vers moi. Hormis la cape et le… euh… plug anal, elle était vide. Complètement vide.

– Et les chaussures ? Ils vont bien me donner des chaussures au moins.

Sully avait été avare en explication sur la « chasse au renard ». Il ne savait pas grand-chose lui-même, seulement des rumeurs sur ce que lui et ses amis avaient entendu chuchoter dans les couloirs des Oléandres – mais il en savait l'essentiel. On lâchait la « belle » sur la propriété, et les membres de l'Ordre, à cheval, participaient à la traditionnelle chasse au renard du Sud. C'était tout ce qu'il savait. Ils capturaient leur proie et la « saignait » pour célébrer la prise.

Rien que ça. Je n'avais pas su comment réagir à cette info non plus.

Sully m'a fixée un moment sans bouger, me regardant droit dans les yeux, un muscle de la mâchoire tressaillant, puis il a dit :

– Non. Pas de chaussures. Juste ce qu'il y a dans la boîte.

J'ai prononcé alors ce qu'il ne voulait pas dire.

– Donc... pieds nus. Ces enculés vont me faire courir pieds nus dehors quasiment à poil et me pourchasser ?

Nouvelle crispation de la mâchoire.

– Je te laisse te préparer.

Sur ce, il a pris le reste de sa parure de chasse et a disparu dans la salle de bain pour s'habiller. C'est vraiment ridicule, puisqu'on se voyait tout le temps nus. Mais s'il voulait faire des manières, je n'allais pas l'en empêcher.

J'ai palpé la cape, passant la main sur le cuir craquelé vieux d'un siècle.

L'intérieur était en meilleur état. La doublure en soie avait dû être remplacée à un moment donné au cours des vingt dernières années.

Puis j'ai froncé les sourcils. Il y avait une petite poche intérieure, et elle était légèrement renflée.

J'ai glissé la main à l'intérieur et j'ai sorti un morceau de papier froissé, jauni sur les bords.

Un mot.

J'ai dû plisser les yeux pour déchiffrer les pattes de

mouche.

À la fille qui porte la cape après moi,
Le cuir est imprégné de l'odeur du renard.
Jette-la ASAP.
Saute dans le lac, lave-toi.
Ne t'arrête jamais de courir, les chiens ne s'arrêtent pas.
Bons endroits pour se cacher :
Colline au SE de la propriété – sentier rocailleux, mauvaise odeur
Cave à produits secs
Endroits où les renards se font le plus attraper :
Ravine nord en limite de propriété — eau trop peu profonde
Vieille grange au bord du lac
Terrains à découvert

J'ai retourné le papier. Une carte sommaire de la propriété était dessinée. Des flèches indiquaient les endroits mentionnés au recto.

C'est alors que la réalité de ce que je m'apprêtais à vivre *pour de vrai* m'a frappé. Tout cela avait un côté ridicule. Le mot se lisait comme les règles élaborées d'un jeu d'enfant. Des tuyaux pour une partie de cache-cache.

Sauf que ce que l'invitation et Sully avaient omis de mentionner, c'est ce qui m'arriverait lorsque je me ferais inévitablement *prendre*, et ce qu'était cette « saignée » – soit dit en passant, j'espérais que c'était un cérémonial impliquant des rubans rouges, par exemple. Non, je n'étais pas naïve, mais je m'accrochais à cette pensée parce que j'espérais vraiment, vraiment, qu'il s'agissait d'un truc dans le genre.

Mais après la « saignée », que se passait-il ? Même si j'étais naïve sur le sens du verbe « saigner », je n'étais pas assez bête pour ne pas comprendre que la petite renarde au cul nu pourchassée et attrapée par le Grand Méchant Mâle allait se faire défoncer par Ledit Mâle Doté d'un Pénis plus Gros que ses Potes.

C'était évident.

Le butin va au vainqueur, n'est-ce pas ?

Je ne serais jamais qu'un objet pour ces hommes. Un trophée à remporter. Et à partager.

Sully avait déjà prouvé qu'il n'hésitait pas à partager.

Oh merde, ça me rendait malade. Je pensais que les choses avaient changé entre Sully et moi, mais j'ai toujours été une romantique invétérée et idiote.

Qu'était-il arrivé à la femme qui avait écrit le mot ?

Il n'y avait pas d'informations sur qui elle était, ce qui s'était passé durant sa chasse au renard, ou si elle était partie d'ici en obtenant tout ce qu'elle désirait. Avait-elle réussi toutes les épreuves et les faiseurs de rois lui avaient-ils accordé la vie de rêve à laquelle elle aspirait ?

Quoi qu'il lui soit arrivé, son expérience de la chasse au renard était probablement sordide si elle avait ressenti le besoin de laisser ce mot d'avertissement, espérant mieux préparer la prochaine fille...

Tu peux prononcer ton mot de sécurité, murmurait dangereusement ma petite voix intérieure. *Barre-toi d'ici avant que la folie ne commence réellement.*

Mes sœurs comprendraient.

Si je racontais ne serait-ce que la moitié de ce qu'on m'a demandé de faire, ni Reba ni Tanya ne me reprocheraient d'être partie.

Surtout Reba. Mon petit ange d'amour qui voulait toujours le meilleur pour tout le monde. C'était la médiatrice, celle qui intervenait quand le ton montait entre LeAnn et Tanya, les deux fortes têtes de la famille.

Personne ne pouvait rester en colère lorsque Reba élevait la voix et nous demandait de nous écouter et d'arrêter de nous chamailler. Chacune de mes sœurs avait un super pouvoir.

Tanya était effrontée, courageuse et franche et j'ai souvent souhaité lui ressembler davantage. Reba était la pacificatrice et elle avait réussi à se satisfaire pleinement de sa petite vie répétitive. LeAnn était une beauté — populaire et talentueuse aussi. Elle était la seule de nous quatre à savoir chanter, malgré nos prénoms de stars de country.

Mes sœurs étaient des jeunes femmes qui iraient loin.

Mais leur avenir dépendait de moi. Allais-je me déballonner à cause d'une petite chasse à l'homme divertissante pour ces messieurs ?

Je ne laisserais pas ma famille en plan.

Je n'étais pas mon père.

Je courais vers le lac maintenant. Je l'abordais par derrière et dans le noir, personne ne devrait me voir.

Mais même si je pensais qu'ils ne pouvaient pas me voir et criaient juste pour mettre l'ambiance, j'étais suffisamment proche pour voir des lumières au loin et entendre les voix qui criaient joyeusement : « Attrapez cette salope ! Le premier boira du sang à l'œil pendant un an ! »

J'ai failli trébucher à l'évocation de la mystérieuse partie *sanglante* du rituel, mais je me suis rattrapée juste à temps. J'étais enfin au bord du lac. Le rivage se composait d'un mélange de roche, de fange et d'eau trouble.

Je me suis accroupie pour qu'ils ne me voient pas.

Putain de... ! articulai-je, ne parvenant qu'au dernier moment à étouffer mon cri de surprise face à la température glaciale de l'eau. Je me suis mordu la lèvre pour ne pas jurer, et je suis rentrée dans l'eau.

Mon Dieu, elle était froide. Froide de chez froide. Et j'étais extrêmement nue. Pas de combinaison de plongée en vue. Doux Jésus, fils de Marie et de Joseph...

Je ne pouvais pas rester ainsi, mi-émergée mi-immergée.

Je me suis enfoncée dans l'eau aussi silencieusement que possible. Je ne pouvais pas me permettre le moindre bruit d'éclaboussure.

Si je l'ai trouvée froide quand seuls mes tibias étaient dans l'eau, c'est tout mon corps qui claquait des dents maintenant.

Non, ai-je tenté de raisonner mon corps transi – pas gla-gla. Si c'était gelé, il y aurait de la glace. Ce n'est pas gelé, c'est juste une impression. Tu peux le faire. Tu *dois* le faire.

Bouge.

Bouge, *putain*. VITE.

J'ai rampé en silence dans l'eau. Puis j'ai ramassé de la vase au fond du lac et je l'ai étalée sur mes cheveux, masquant ma blondeur ainsi que l'odeur résiduelle de shampoing. Et puis, au moment où j'allais sortir du lac en criant à pleins poumons : « j'abandonne ! qu'un vieux salo-pard me *saigne* et me baise avec sa bite molle raidie au Viagra juste assez pour baiser son trophée d'un soir d'une manière forcément traumatisante pour me réchauffer... »

J'ai commencé à nager.

Je devais réfléchir à un plan. Aucune autre pensée ne devait entrer dans ma tête. Certainement pas le froid qui s'infiltrait profondément dans mes os – j'ignorais que les os étaient si creux.

Le plan. *Exact.* Je voulais qu'ils suivent la piste de l'odeur résiduelle de la cape sur ma peau. Je ne savais pas grand-chose du dressage des chiens de chasse, mais avec leur odorat, j'imaginais que les limiers pisteraient l'odeur assez vite et qu'ils seraient sur moi avant que je sois prête.

C'était un grand lac, avec des méandres et des bras. Je sentais la queue de renard traîner dans l'eau derrière moi, tirant sur mon anus. J'ai resserré la main autour du plug, car je ne voulais pas le perdre dans l'eau. Le fait que j'avais oublié sa présence, ne serait-ce qu'un instant, était un témoignage supplémentaire de l'insanité de la soirée.

Il n'y avait pas de lune, et avec les cheveux et le visage couvert de boue, j'espérais être invisible sur l'eau sombre du lac.

Où est Sully ? me suis-je soudain demandé. Faisait-il partie de la horde des chasseurs à cheval, espérant recueillir le *premier sang* ?

Pas le temps de penser à lui. Concentre-toi. Avance. Un membre après l'autre. Ne trouble pas trop l'eau. *Tu n'es qu'une ondulation causée par le vent par une nuit de janvier froide, très froide, mais pas trop glaciale.*

Je me suis collée contre la rive opposée à l'endroit où se trouvaient les hommes et je l'ai longée à la nage en direction du manoir.

Soudain, les chiens se sont mis à aboyer furieusement au loin. Des voix excitées se sont élevées dans la nuit.

Ils avaient sans doute repéré le bouquet d'arbres sur lesquels j'avais répandu l'odeur. Donc je n'avais pas beaucoup de temps avant qu'ils ne découvrent la cape dans les branches. Ils se rendraient compte que j'avais essayé de les leurrer et leur volonté de me capturer redoublerait, ainsi que leur rage quand ils m'attraperaient effectivement.

Mon pied a touché le fond du lac. J'étais arrivé de l'autre côté. Mais si je me précipitais sur la rive, il serait évident que j'étais sortie par là.

Je me suis mordu la lèvre et, même si ça me coûtait de précieuses secondes, j'ai reculé jusqu'à une branche basse qui se balançait au-dessus de l'eau. Encore mieux, attachée à la branche, il y avait une corde terminée par un nœud qui oscillait à trente centimètres de la surface du lac.

Un loisir estival qui serait mon salut.

Monter à la corde, nue et trempée, n'était pas ma conception d'une activité de loisir amusante. La queue de renard dégoulinante me tirait vers le bas. J'ai dû l'agripper super fort pour que le plug reste en place.

L'année dernière, Tanya a voulu se mettre au sport, et comme nous ne pouvions pas nous payer un abonnement à la salle de gym, nous avons créé un espace sur la terrasse derrière la maison pour nous entraîner à ce qu'elle appelait le *Country Strong Cross-Fit* (rebaptisé le *Plouc Cross-Fit* par LeAnn).

Tanya avait accroché une corde similaire à celle-ci à une poutre du plafond, au milieu d'autres équipements. Nous soulevions des parpaings, nous courions sur la route de campagne en tirant un vieux pneu crevé pour nous ralentir, et nous réutilisions tout ce que nous pouvions trouver en le transformant en matériel sportif.

Tanya me forçait à m'entraîner avec elle tous les matins à six heures.

Les trois premiers mois, j'étais nulle à la corde. Mais à force de soulever ces foutus parpaings et de tirer des pneus, j'ai enfin réussi ; j'étais capable de grimper au tiers de la corde.

Un mois plus tard, j'arrivais presque jusqu'en haut. C'était en décembre dernier.

Ce soir, malgré l'épuisement et la peur, l'adrénaline s'est déversée dans mes veines pile au moment où j'en avais besoin. Je me suis hissée à la force des bras et je suis sortie de cette salope-d'eau-glaciale. Une main après l'autre, j'ai progressé en serrant les dents et en sollicitant tous les muscles. Oh! hisse, oh! hisse.

J'ai ignoré la brûlure de la corde contre mes paumes délicates. Je les protégeais toujours par un bandage à la maison.

Je n'ai pensé qu'à Tanya, Reba et LeAnn – elles étaient mon pouvoir et ma force. Elles l'ont toujours été.

J'ai visualisé leurs visages et je me suis hissée en haut de cette fichue corde.

Une main après l'autre, et *tirer*.

Monter une main et *tirer*. La queue de renard mouillée ballotait derrière mes cuisses.

Monter une main et *tirer*.

Ne pas pousser de cris d'effort était la moitié du combat. Mais non, aucun fichu son ne sortirait de ma bouche pour révéler ma position.

Je n'entendais plus la meute et les voix s'étaient éteintes aussi. Je ne voulais pas réfléchir à ce que ça pouvait signifier.

J'ai continué de me hisser dans l'obscurité.

Jusqu'à ce qu'enfin, *enfin*, ma main touche l'écorce d'une branche d'arbre.

Hisser mon corps sur la branche était l'opération la plus périlleuse jusque-là. J'étais terrifiée à tout moment que quelqu'un remarque le balancement de la branche.

Mais à ce stade, je ne pouvais guère faire autre chose. C'était ma meilleure chance, et j'étais à la limite de mes capacités. Soit ça marchait, soit ça foirait.

J'ai fini par balancer tout mon corps et lever la jambe pour monter sur la branche. J'étais à califourchon dessus plutôt que suspendue en dessous. J'aurais pu rire de soulagement. Mais tout ce que je me suis octroyé, c'est dix secondes de repos, puis j'ai grimpé sur une branche plus haute qui s'étendait dans l'autre direction, vers la propriété au lieu du lac.

J'avais les bras en compote quand je suis redescendue, puis pendue par les bras et je me suis laissé tomber au sol, quelques mètres plus bas.

Ne craque pas, m'avertis-je alors que mes membres mena-çaient de lâcher. *Ne craque pas, putain.*

Je n'avais pas traversé un lac glacial pour rien. C'est la seule force de ma volonté qui m'a permis de me relever. Parce que je ne voulais surtout pas que la surface de mon corps dégage la moindre odeur détectable. L'endroit où j'étais entrée dans le lac était sûrement facile à trouver, mais pas celui d'où j'en étais sortie. Du moins je l'espérais après tous les efforts fournis.

La pelouse était fraîchement tondue et, d'après Sully-les-bons-tuyaux, l'odeur de l'herbe coupée était l'une des rares choses qui pouvaient troubler un chien sur la piste d'une trace olfactive. Et comme l'Ordre était fairplay – autrement dit, ils aimaient que leur chasse à l'homme dure long-temps –, ils veillaient toujours à faire tondre la pelouse le jour de la chasse.

La pelouse bien entretenue était douce sous mes pieds nus. Mais je devais être prudente, car un de ces bâtards avait peut-être imaginé mon plan et se tenait à l'affût. *Salauds.* Ce jeu était autant une épreuve mentale que physique.

J'ai couru pliée en deux en direction du phare sur la colline qu'était le manoir illuminé. La queue de renard mouillée me fouettait les cuisses, mais je m'efforçais de l'ignorer.

Allez vers la crête aurait peut-être été plus intelligent, mais je n'ai jamais été une fille maline, n'est-ce pas ? Et il n'était pas question de faire demi-tour maintenant.

J'étais fatiguée, à découvert, et ai-je mentionné la fatigue ? Non, parlons plutôt d'épuisement.

Si je réussissais ce tour de passe-passe (faire un aller-retour pour qu'ils perdent quelques heures à me traquer dans les bois), ce serait encore mieux. Parce que je ne pouvais pas maintenir ce rythme. Mes bras me brûlaient à cause de la corde à grimper, et l'adrénaline commençait à diminuer.

Mais mes jambes conservaient encore un peu de combativité.

Alors j'ai couru, courbée vers le sol, jusqu'à ce que tout redevienne calme, que les bruits de chiens et de chevaux s'estompent au loin. Puis j'ai sprinté vers la cave fléchée sur le plan au verso du mot. Il y avait même un dessin grossier indiquant comment y entrer.

J'ai contourné l'aile est du manoir et je me suis faufilée dans le jardin potager où poussaient les légumes utilisés en cuisine. Et là, enfin, je l'ai trouvée. L'entrée était bien cachée. Elle servait également d'abri contre les tempêtes, mais bien entendu, l'Ordre ne pouvait avoir une chose aussi vulgaire qu'un abri anticyclone sur ses terres.

Je suis entrée en courant par le jardin et j'ai poussé de toutes mes forces la statue de Vénus nue. Parce que, n'en déplaise à Dieu, leurs jardins potagers n'étaient pas dignes de l'un des plus beaux sites historiques de la Géorgie, naturellement.

Je n'ai pas eu besoin de pousser si fort. La statue a glissé sans résistance et en silence sur le côté, sans doute sur des rails invisibles, révélant un escalier en pierre qui descendait dans la pénombre.

Je l'ai dévalé sans me poser de questions.

J'ai commencé à m'en poser et à me demander si je n'étais pas tombée de Charybde en Scylla quand la faible lumière de la nuit à laquelle mes yeux s'étaient habitués a disparu totalement.

Car la statue s'est remise en place derrière moi, la porte refermée et je me suis retrouvée dans l'obscurité la plus totale. Et aucun être au monde ne savait où j'étais.

CHAPITRE 10

SULLY

JE SAVAIS qu'elle était futée.

Dieu merci, elle était futée.

J'avais espéré qu'elle se réfugie dans la cave, et quand j'ai vu sa silhouette crottée se glisser derrière la statue et disparaître dans la pénombre, je n'ai pas pu m'empêcher de libérer l'air bloqué dans mes poumons.

Entendant la meute au loin, je n'ai pas traîné et je l'ai suivie. J'ai levé ma lampe à pétrole pour voir dans l'obscurité, et il ne m'a fallu qu'une seconde pour repérer ses yeux aux aguets et sa posture féline.

Quand elle m'a reconnu, elle s'est détendue et a visiblement renoncé à bondir toutes griffes dehors, prête à se battre.

– Tu m'as donc trouvée, dit-elle en croisant les bras devant sa poitrine.

– Tu préfèrerais que ce soit quelqu'un d'autre ?

J'ai traversé la pièce et posé la lampe sur une vieille table en bois. La flamme éclairait suffisamment la pièce pour que je voie à quel point Portia était crade et épuisée. Elle avait les cheveux recouverts de vase, elle était trempée et elle grelottait.

J'ai enlevé la redingote grotesque que j'étais obligé de porter pour la chasse et je lui ai posée sur les épaules.

Elle l'a serrée autour d'elle, mais elle claquait encore des dents.

– Comment tu m'as trouvée ?

Inutile de lui dire que j'avais écrit le mot et que je l'avais caché dans la poche de la cape pour qu'elle le trouve. J'avais déjà participé à ces chasses quand j'étais enfant et je savais exactement comment elles se déroulaient. Je savais qu'elle avait besoin de conseils sur la façon de niquer ces bites molles à leur propre jeu. J'avais envisagé de lui en parler moi-même, mais je doutais qu'elle me fasse confiance ou qu'elle m'écoute. Mais une lettre d'une autre belle... eh bien, j'avais espéré qu'elle serait assez intelligente pour suivre les instructions.

J'ai répondu par un haussement d'épaules, en grognant pour qu'elle n'insiste pas. En réalité, il était essentiel qu'elle se sente puissante en ce moment, et je voulais qu'elle pense avoir semé et déjoué les chasseurs toute seule.

Elle est passée à une autre question.

– Et maintenant ?

– J'ai gagné la chasse. Un an de consos gratuites, on dirait.

J'ai attendu l'une de ses répliques mordantes, mais n'obtenant que le regard apeuré d'une fille grelottante, j'ai compris que l'heure n'était pas à la galéjade.

– Est-ce que ça va ? m'enquis-je.

– Pourquoi ça n'irait pas ? rétorqua-t-elle en se désignant

d'un geste circulaire. Enfin... regarde-moi. N'ai-je pas l'air d'aller parfaitement bien ?

Elle a saisi la queue de renard, l'a sortie de son cul en grimaçant et jetée dans un coin de la cave.

– J'en ai marre de cet endroit. Marre des épreuves. Ça n'en vaut pas la peine. Je ne peux pas continuer à faire des choses horribles comme cette chasse. À quoi ça sert ?

– Je comprends. J'en ai marre aussi, dis-je doucement. Mais on doit tenir bon. C'est facile d'abandonner. Crois-moi. J'y ai pensé plein de fois. Mais ce serait laisser ces connards gagner. Et ça signifierait aussi que tout ce qu'on a enduré, ajoutai-je en montrant son corps dénudé et boueux, tout ce que *tu* as enduré jusqu'à maintenant n'aurait servi à rien si on repart tous les deux les mains vides. On mérite une contrepartie pour ce qu'on a subi jusqu'à aujourd'hui.

– Oh, alors je ne suis plus la pauvre fille vénale maintenant ? s'esclaffa-t-elle.

– Pas plus qu'une autre.

Elle avait un regard triste et sa silhouette menue paraissait minuscule dans ma redingote. Ce n'était pas la tigresse qui me tenait tête d'habitude. La chasse l'avait durement éprouvée.

– Je suis en train de perdre pied, soupira-t-elle. Je ne sais même plus qui je suis. Je n'ai aucun contrôle sur rien et... j'ai l'impression de vendre mon âme au diable... aux diables au pluriel plutôt.

J'ai confirmé d'un hochement de tête.

– C'est ce que tu fais. Pas moyen d'édulcorer la réalité. On le fait tous les deux.

– C'est pourquoi j'envisage de dire aux Anciens d'aller se faire foutre. J'ai des sœurs qui ont besoin de moi à la maison. (Elle s'est tue et a regardé le sol.) Je ne sais pas combien de temps encore je pourrai supporter les lubies de ces malades pervers et cinglés.

– Essaie de te rappeler pourquoi tu as accepté l'invitation à l'origine. Ça m'aide quand j'ai envie de me barrer en trombe de cet endroit malsain.

Quand j'ai vu qu'elle ne se réchauffait pas dans la redingote, j'ai réduit la distance entre nous et je l'ai prise dans mes bras pour lui diffuser un peu de chaleur corporelle.

– Cette cave est trop froide. Allons dehors.

– Mais la chasse ? demanda-t-elle en se blottissant contre moi.

– J'ai gagné. C'est fini.

– Et les autres ? Les chiens ? Je les entends encore me chercher.

– Laisse-les chercher. Franchement, laissons ces enculés te chercher toute la nuit. Quand ils nous trouveront, tu seras en ma possession. Je suis sûr qu'ils pensaient que ce serait facile. Eh bien... on va compliquer la tâche de ces têtes de nœud.

– J'aime bien cette idée.

Je l'ai soulevée et portée comme une jeune mariée.

– Je vais t'emmener dans un endroit où je suis allé avec mes amis quand j'étais petit. Il leur faudra un peu de temps pour nous trouver là-bas, car je sais qu'on a déjà fouillé la crête rocheuse au début de la chasse. Ça les obligerait à revenir sur leurs pas, ce qui les énerverait vraiment.

– Je peux marcher, dit-elle.

Mais elle n'a pas essayé de résister ni de se dégager de mes bras.

– Ils cherchent tes traces. Pas les miennes. Je vais laisser le cheval ici, par sécurité. Tu peux la tenir et éclairer le chemin ? demandai-je en montrant la lampe à pétrole.

– Et la queue de renard ?

Elle a froncé les sourcils en direction du coin où elle l'avait jetée.

– Laisse-la. Tu l'as perdue pendant la chasse. C'est pas ton problème.

– Les Anciens ne vont pas se fâcher ?

– Le règlement ne dit nulle part que tu dois garder la cape ou la queue. Ils désapprouveront sûrement que tu ne les aies plus, mais ils ne peuvent pas prétendre que tu as fait une faute ou que tu as échoué à l'épreuve.

Les aboiements se rapprochaient. Nous devions agir vite ou tout serait fini. Même si j'avais très envie d'une douche chaude, d'un lit confortable et des murs des Oléandres pour nous protéger de ce rituel barbare, j'étais sincère en disant que je voulais que les membres de l'Ordre en chient un peu. Il avait plu tantôt. Le sol était boueux et les moustiques avaient soif de sang. La chasse dans ces conditions n'était pas amusante, et sans doute rêvaient-ils tous d'un bourbon et d'une fellation en ce moment même.

Je ne serais pas contre un bon vieux B&F. Mais comme je devais porter une fille couverte de vase jusqu'à une grotte cachée, merde, ces salauds allaient en chier aussi.

– Comment tu m'as trouvée ? demanda-t-elle à nouveau alors que nous progressions vers la crête.

– T'es futée. J'ai deviné que tu irais dans la cave.

Je l'ai repositionnée pour que la redingote recouvre mieux son corps.

– Je suis trop lourde ?

Elle s'est accrochée à mon cou comme si ça pouvait aider.

– Je suis en forme maintenant grâce à toi. La séance sportive du matin m'a permis de me débarrasser de mon prétendu gros bide, ironisai-je. Et non, tu n'es pas trop lourde.

J'ai accéléré le pas pour appuyer mon propos, et surtout pour atteindre la grotte avant que notre lampe soit repérée de loin.

– Est-ce que je pue ? Parce que j'ai vraiment l'impression de puer.

J'ai éclaté de rire et secoué la tête.

– Non, tu ne pues pas.

– Je n'arriverai jamais à enlever cette vase de mes cheveux.

– Si mes souvenirs sont bons, il y a un peu d'eau qui ruisselle dans la grotte. Elle forme des stalactites, stalagmites ou je ne sais quoi. Tu devrais pouvoir te rincer les cheveux une fois sur place.

Nous avons fini le trajet en silence, perturbé seulement par les aboiements de la meute au loin. Si loin que je savais que nous aurions quelques heures tranquilles avant que les chasseurs ne décident de revenir sur leurs pas. Quand la grotte est apparue, je n'ai pas pu m'empêcher de sourire aux souvenirs qu'elle m'évoquait.

Montgomery, Beau, Rafe, Walker, Emmett et moi aimions venir dans notre club secret. Personne ne connaissait cet endroit – du moins à notre connaissance – et nous aimions être libres de l'explorer et d'y passer du temps. Certaines des fêtes auxquelles nous étions conviés au manoir étaient si barbantes que nous avions hâte de sortir et d'aller jouer dans notre grotte secrète. Les Oléandres avaient de bons côtés. À une époque, nous étions tous impatients d'être membres de l'Ordre du fantôme d'argent. C'était un rite de passage comme le dépucelage. Ce n'était pas un événement que nous redoutions, mais que nous attendions avec impatience.

J'admirais tellement mon père. Nous admirions tous nos pères. Nous voulions être comme eux une fois adultes. Pour moi, mon père ne pouvait pas faire de mal, même si je le voyais rarement. C'est pourquoi j'aimais venir aux Oléandres quand j'étais gamin. Au manoir, je pouvais au moins être dans la même pièce que lui, ou au minimum, dans le même lieu. Il travaillait sans répit et était rarement à la maison. Donc, pour moi, les Oléandres étaient mieux que la maison. Cela signifiait que j'avais mon père à proximité. Et il appréciait que je sois là. Tous les pères aimaient que leurs fils soient présents aux fêtes et rituels qui s'y prêtaient. Nous étions leur descendance. Nous étions leur héritage. Et il n'y avait pas un seul d'entre nous qui ne le désirait pas plus que tout. Je rêvais du jour où je rejoindrais l'Ordre du fantôme d'argent.

Bien sûr, ensuite nous avons grandi, et ouvert les yeux.

Ou alors quelque chose a changé. Difficile d'imaginer que plusieurs générations d'hommes hautement instruits, issus des universités les plus prestigieuses du pays, puissent cautionner toutes ces pratiques sexistes, bestiales et perverses. Ce n'était pas seulement l'argent qui gouvernait l'organisation secrète, d'autant plus que tous les membres de l'Ordre avaient de l'argent. C'était la soif de *plus* d'argent. La soif de pouvoir et franchement... de domination absolue. C'était la cupidité plus que la transmission héréditaire qui suintait des pierres des Oléandres. L'Ordre du fantôme d'argent s'était égaré et je ne voulais rien avoir à faire avec eux. Absolument rien, à moins d'y être obligé.

Et j'y étais obligé.

Ma sœur avait besoin de moi.

Et là, alors que je pénétrais dans la grotte en portant Portia, je savais qu'elle avait besoin de moi aussi. Montgomery avait raison d'affirmer que nous ne pouvions réussir qu'à condition d'être une équipe. J'avais été un coéquipier plutôt merdique jusque-là, et je ne reprochais pas à Portia d'avoir songé à abandonner. Elle s'était retrouvée complètement seule dans cette histoire, et mon gros cul d'ivrogne n'avait fait qu'empirer les choses.

Mais merde. Tout cela allait changer. Je ne laisserais pas ces hommes me faire craquer, et encore moins faire craquer Portia.

Nul ne briserait ma belle.

J'étais heureux de voir le ruissellement d'eau s'écouler du plafond de la grotte et former un petit bassin naturel. Ma mémoire ne m'avait pas trompé. Il faisait frais, mais pas si froid, et j'imaginais que pour Portia tout valait mieux que d'être pourchassée comme un gibier.

– On ne peut pas entendre les chiens ici, dit-elle alors que je la posais par terre. On ne les entendra pas arriver.

– Ça n'a pas d'importance. On a le temps de voir venir. Lave-toi, dis-je en montrant l'eau du doigt. Tu pues.

Je lui ai fait un clin d'œil, un sourire en coin, puis je lui ai pris la lampe des mains et je l'ai posée sur un rocher plat.

– Connard, rétorqua-t-elle.

Mais elle a enlevé la redingote et obéi sans se faire prier.

Il était exact de dire que Portia Collins était devenue ma partenaire sexuelle, ma copine de baise, mon plan cul, et autres expressions – du moins aux Oléandres. Nous baisions, car il n'y avait rien d'autre à faire. Sans oublier que j'étais un homme. Traitez-moi de salaud si vous voulez, mais elle était magnifique et je ne pouvais pas résister à l'envie de la fourrer au réveil, quand elle dormait dans mes bras. Mais en la regardant rincer la boue de ses cheveux dorés, je n'avais pas envie de la baiser.

Je voulais la tenir dans mes bras.

Je voulais la protéger.

Je voulais lui promettre qu'aucun homme ne la toucherait plus jamais... à part moi.

Les émotions inattendues qui m'envahissaient étaient brutes. Primaires.

Le besoin impérieux de la marquer comme étant à moi, et seulement à moi, semblait aspirer tout l'air de la grotte.

Des gouttelettes d'eau irisaient sa peau sous la lumière chaude de la lanterne, et pour la première fois de la soirée, Portia semblait bien. Sa force renaissait tandis que ses faiblesses disparaissaient comme la boue, lavées par l'eau pure.

– Tu as dit que tu as des sœurs, lançai-je pour briser le silence.

Elle a tourné la tête vers moi en tordant ses cheveux pour retirer le reste de vase sur les pointes.

– Ah bon ?

– Dans la cave.

– Oh... eh bien, oui. J'ai des sœurs.

Elle s'est rincé les cheveux encore, sans plus me regarder.

– Et toi ? Tu as des frères et sœurs ? demanda-t-elle.

– Oui, j'ai une sœur, dis-je, me demandant pourquoi elle semblait ne pas vouloir parler de sa famille, même si je ne pouvais vraiment lui en vouloir, je n'avais pas non plus envie de parler de Jasmine.

Silence.

J'ai réalisé que Portia et moi ne parlions pas beaucoup. Et certainement pas des choses importantes. Jusqu'à maintenant, ça m'allait bien, mais bizarrement, j'avais envie d'en savoir plus sur elle. Peut-être parce que nous étions dans la grotte de mon enfance, un endroit interdit aux filles. C'était un code de notre club secret, et j'étais sûr que mes copains me pardonneraient. Mais je partageais une partie de mon enfance, ou presque, comme ça ne m'était jamais arrivé.

– Tes sœurs savent que tu fais ça ? L'Initiation ? demandai-je.

– Et la tienne ? rétorqua-t-elle.

J'ai trouvé un rocher où m'asseoir.

– Ouais. Tu ne peux pas avoir une éducation à la Van Doren et ne pas connaître les Oléandres, l'Ordre du fantôme d'argent, et toutes les conneries qui vont avec. Ça fait partie du charme du Sud, je suppose qu'on peut dire ça.

– Pourquoi tu veux entrer dans l'Ordre si tu le détestes tant ? demanda-t-elle en sortant de l'eau et en prenant ma veste sur le rocher voisin pour la mettre.

Bonne question. Pourquoi ?

Folie furieuse.

Castration de la volonté.

Force de l'obligation.

– Le destin. La destinée. Je ne sais pas. C'est dans mon sang.

Elle s'est assise à côté de moi.

– Donc tu ne veux *pas* faire partie de l'Ordre ?

– C'est compliqué, dis-je en détestant cette réponse, mais c'était la seule qui décrivait à la fois ma personne et ma situation. Et toi ? Pourquoi tu t'es mise dans cette situation, pour de vrai ? Quel est le montant de la prime ?

Je me suis efforcé de ne pas faire sonner cela comme un jugement, mais comme une vraie question – car c'en était une.

– C'est compliqué aussi. (Elle s'est pétrifiée, ses yeux se sont écarquillés.) T'as entendu ? Je crois avoir entendu du bruit dehors.

Je me suis levé et dirigé vers l'entrée de la grotte. J'ai fait signe à Portia de rester où elle était. Je n'ai pas entendu les chiens, mais un membre de l'Ordre s'était peut-être désolidarisé de la meute, comme je l'avais fait moi-même, dans l'espoir d'avoir plus de chance en solo. Il m'était difficile dans l'obscurité de voir au-delà de quelques mètres. J'ai hésité à appeler, mais je n'étais pas sûr d'être prêt à affronter l'Ordre si tôt.

Puis une voix s'est élevée dans la nuit.

– J'ai vu des traces qui mènent à cette crête. Va chercher les autres, et les chiens. Elle doit se cacher dans les rochers. Allons débusquer notre petite renarde.

Merde.

Je pensais que nous aurions plus de temps. Je suis retourné dans la grotte.

– Enlève la redingote et passe-la-moi, ordonnai-je en m'approchant d'elle, la main tendue. Ils arrivent.

Portia a reculé et resserré la veste autour de son cou.

– Qu'est-ce que ça veut dire ?

– Ça veut dire que tu portes ma redingote.

Elle ne me donnait toujours pas la veste, alors j'ai précisé les choses.

– Je t'ai traquée, tu te souviens ? Tu es *ma* prise. Ne donne pas aux Anciens de raisons de croire que je t'ai aidée d'une façon ou d'une autre.

Ses yeux étaient apeurés et ses lèvres tremblaient, mais elle a ôté la veste et me l'a tendue du bout du bras pour que je la prenne.

Réduisant l'espace entre nous, je lui ai touché gentiment le bras, puis je lui ai caressé la joue en la regardant dans les yeux.

– Ça va aller. Fais-moi confiance. Je ne les laisserai pas te toucher. Tu es à moi. Je t'ai trouvée.

Sans lui laisser une chance de répondre, je me suis abaissé et je l'ai jetée sur mon épaule, la portant comme on porterait du gibier. Son cul nu se trouvait près de mon visage, et je me suis dit que le fait de la porter comme un sac de pommes de terre plairait aux Anciens.

– Je l'ai trouvée ! m'écriai-je en sortant tout excité de la grotte. J'ai capturé le renard !

Peu de temps après, les membres de l'Ordre montés sur leur cheval nous ont encerclés. J'avais espéré les tenir éveillés toute la nuit, mais cela faisait des heures que la chasse avait commencé, et je voyais bien que les hommes étaient fatigués et heureux que le renard ait enfin été trouvé.

– Je vois que tu connais bien l'odeur de ta belle, dit l'un des Anciens avec un sourire lubrique.

– Je l'ai trouvée dans les rochers, dis-je, content d'avoir rejoint l'Ordre avant qu'ils nous surprennent dans la grotte.

Quelqu'un connaissait peut-être notre lieu secret, mais j'étais soulagé que les participants de la chasse en ignorent l'existence.

– La petite garce s'est débarrassée de sa cape et de sa queue, je vois, commenta un Ancien.

J'ai posé Portia par terre et décidé de distraire le groupe avant qu'ils se mettent à discuter ou ergoter sur l'absence de cape et de queue et que cela ait des implications sur la validation de l'épreuve.

J'ai regardé Portia dans les yeux et prié qu'elle lise dans mes pensées. J'avais besoin qu'elle me fasse confiance. J'avais besoin qu'elle se taise et me laisse gérer la situation. J'avais besoin qu'elle se soumette à mon bon vouloir.

J'ai sorti mon canif de la poche de mon pantalon, j'ai pris sa main et tourné sa paume vers le haut.

– J'ai remporté la chasse, déclarai-je.

J'ai glissé la lame sur sa paume en la tenant fermement alors qu'elle sifflait de douleur et voulait s'éloigner. Une ligne rouge sang a couru sur sa peau, et je me maudissais de lui causer cette blessure. J'ai passé les doigts sur la coupure, puis je me suis barbouillé le visage d'hémoglobine, me marquant du sang du chasseur. J'ai repris sa main, essuyé le sang de sa blessure et je lui ai étalé aussi sur la figure.

– Elle est à moi, proclamai-je.

Les membres de l'Ordre ont acclamé ma victoire et ma saignée. Ils se réjouissaient sans doute aussi à l'idée de la fellation et du bourbon dont ils rêvaient depuis le début des festivités de la soirée.

La chasse au renard était enfin terminée.

Et la proie était définitivement à moi.

CHAPITRE 11

SULLY

J'AURAIS BIEN REJOINT les membres de l'Ordre dans la salle de billard pour savourer le bourbon et la pipe qui clôturaient traditionnellement une chasse au renard, mais je ne trouvais pas cela fairplay envers Portia. La pauvre fille avait vécu l'enfer, et je n'avais pas envie de la laisser seule. J'avais aussi l'étrange besoin instinctif de la protéger.

Je ne voulais plus qu'elle sorte de mon champ de vision.

Pas tant que nous étions aux Oléandres.

Et aucun homme, même lors d'un jeu, ne chasserait et terrifierait cette fille à l'avenir.

Je ne la laisserais plus jamais se sentir en danger tant que je pourrais l'en empêcher.

Je la protégerais.

L'enjeu était plus important maintenant. Nous approchions de la fin de l'Initiation et la réalité se durcissait. Il était impossible d'atteindre l'ultime épreuve sans faire bloc.

– Je vais te faire couler un bain, dis-je en entrant dans notre chambre.

Elle n'était pas aussi sale que lorsque je l'avais trouvée, car elle s'était rincée dans la grotte, mais elle grelottait de froid et avait besoin que la chaleur infiltre ses os. Elle avait le visage barbouillé de son sang, par ma faute, et c'était à moi de le nettoyer.

Elle a acquiescé d'un signe de tête en s'enveloppant dans ses bras. Je commençais à m'habituer à la voir nue, mais je détestais la voir vulnérable.

La nudité me faisait bander, mais la vulnérabilité touchait ma corde sensible et me donnait envie d'apaiser ses maux. Je ne pouvais pas tout arranger, mais je pouvais au moins la réchauffer.

Après avoir vérifié une dizaine de fois si l'eau était à bonne température, j'ai versé du bain moussant pour que sa soirée s'achève de façon un peu moins horrible. Puis, face au lavabo, j'ai lavé le sang de mon visage, tentant d'effacer les composantes macabres de la situation.

– Je n'ai jamais autant désiré un bain de toute ma vie, déclara Portia en entrant dans la salle de bain

– Tu ferais mieux de tester la température. Je n'ai jamais fait couler un bain pour quelqu'un avant.

– Je suis sûre que c'est parfait. Merci.

Elle s'est approchée et a trempé un pied.

Je me suis avancé au bord de la baignoire et je lui ai tenu le bras pour qu'elle garde l'équilibre en entrant dans l'eau. J'ignorais pourquoi je l'aidais, car elle était plus que capable d'enjamber la baignoire, mais là encore… j'ai eu un genre de déclic pendant la chasse au renard qui m'a fait changer. J'avais envie de traiter cette fille comme de la porcelaine de Chine.

Alors qu'elle plongeait le corps dans l'eau, la mousse couvrant sa nudité, j'ai pris congé d'elle.

– Bon, je te laisse tranquille.

– Attends, dit-elle. Ça t'ennuie de rester et de me parler ? Je n'ai pas vraiment envie d'être seule avec mes pensées.

Je me suis appuyé contre le lavabo et j'ai acquiescé d'un signe de tête.

– Je comprends. Si tes pensées ressemblent aux miennes, alors elles sont plutôt obsédantes.

Elle a frictionné son bras avec la mousse, sans me regarder.

– Oui. Tout a changé quand je suis arrivée ici. Je pensais pouvoir le faire. Je me suis toujours considérée comme une personne forte, certaine que rien ne me résisterait dès l'instant où je m'y attelais. Mais ce soir, j'en ai vraiment douté.

– C'est exactement l'intention de l'Ordre. Ils veulent briser les reines du bal. C'est un jeu pervers pour eux.

J'ai pris un gant de toilette sous le lavabo, me suis approché de la baignoire, puis je l'ai plongé dans l'eau mousseuse et j'ai commencé à laver le sang de son visage. Ne voulant pas m'imposer, je lui ai tendu le gant pour qu'elle continue elle-même, mais j'ai trouvé étrange de rechigner à arrêter.

– Quand tu parles d'eux, on dirait que tu ne fais pas partie de cette société. Comme si tu ne voulais pas être comme eux. Je trouve ça un peu dur à croire.

J'ai changé de jambe d'appui en m'appuyant de nouveau au lavabo.

– Je ne veux pas être comme eux depuis que j'ai l'âge de comprendre à quel point ils sont tordus. Jamais. Je sais que tu crois que je suis un fils à papa qui rêve de faire partie de l'Ordre tout-puissant du fantôme d'argent. Mais tu ne peux pas être plus à côté de la plaque. Laisse-moi te laver les cheveux, dis-je en retournant au bord de la baignoire armé du broc qui se trouvait sur le lavabo.

Elle n'a pas protesté quand j'ai pris le flacon de shampoing. Au contraire, elle a penché la tête en arrière, me laissant lui verser de l'eau sur les cheveux et lui masser le cuir chevelu.

– Je n'ai jamais prétendu te connaître, Sully. Tu es autant un mystère pour moi que l'Ordre et les Oléandres.

– J'aime les longues balades sur la plage, les labradors et boire un cognac devant un feu de cheminée, ironisai-je, la conversation prenant un tour un peu trop sérieux à mon goût. Et apparemment, j'aime laver les cheveux des jolies blondes.

Ça l'a fait rire.

– Eh bien, la blonde te remercie. Je recommence enfin à me sentir normale. Si l'intention de l'Ordre était de me transformer en bête traquée, alors ils ont réussi. J'avais vraiment l'impression d'être un animal sauvage en fuite pendant la chasse.

– Ces enculés sont des malades mentaux, dis-je en rinçant le shampoing avant de lui appliquer l'après-shampoing.

– Sully ? murmura-t-elle. Tu crois qu'on va tenir les cent neuf jours ?

J'ai poussé un long soupir.

– Oui. Ce ne sera pas facile, mais je pense que toi et moi avons un truc pour nous.

– Quoi ?

– On a tous les deux la tête dure.

Elle a ri.

– Tu m'étonnes.

– Et on refuse tous les deux de les voir gagner. Si on perdait... bref, je ne veux pas leur donner cette satisfaction.

– Moi non plus.

– Alors jurons-nous mutuellement d'aller quoi qu'il arrive au bout de l'Initiation et de refuser de laisser nous abattre.

– Deal. Nous contre eux.

– Nous contre eux, répétai-je en écho.

Mes gestes suivants étaient ceux d'un homme amoureux de la femme allongée dans un bain moussant et enfermée dans le manoir de la haine.

Ce n'était pas moi. Je ne réconfortais pas. Je ne soutenais pas. Mais Portia méritait que je fasse exactement ces gestes. On lui devait de la douceur, de la gentillesse, et elle avait mérité ma dévotion.

Du moins pour le moment.

Au moins pour ce soir.

Je l'ai aidée à sortir de la baignoire et je l'ai enveloppée dans une serviette épaisse. Ses grands yeux m'ont remercié en silence.

Plus d'agressivité.

Plus d'hostilité.

Plus de lame de canif.

Pas ce soir.

Je l'ai installée devant la coiffeuse et j'ai pris sa brosse. Sans demander la permission, mais sans m'en sentir obligé, j'ai passé les crins dans ses cheveux. Elle observait mes gestes dans le reflet du miroir, en silence.

Nous ne parlions pas.

Mais nous n'avions pas besoin de parler.

Nous avions juste besoin l'un de l'autre.

Nous étions au milieu d'un jeu qui n'était pas pour tout le monde. C'était un cauchemar que nous endurions ensemble. Nous partagions quelque chose que je n'avais jamais expérimenté ailleurs. J'avais besoin d'elle. Elle avait besoin de moi.

Si j'étais cruel avec elle, ce serait être cruel avec moi-même.

Nous ne faisions plus qu'un maintenant.

Du moins aux Oléandres.

Alors que je lui brossais les cheveux, elle s'est tournée et m'a embrassé avec la même douceur que mes gestes.

Je n'avais pas prévu de la baiser ce soir. Ce n'était pas mon intention. Pas après tout ce qu'elle avait vécu aujourd'hui. Mais quand elle a laissé tomber la serviette et s'est dressée, humide et chaude devant moi, elle ne m'a pas laissé le choix.

Il fallait que je sois en elle.

Elle ne m'a vraiment pas laissé d'autres options quand elle a commencé à me déshabiller.

– J'ai besoin de toi, murmura-t-elle entre deux baisers.

Nous avions besoin l'un de l'autre.

Une fois dévêtu, je l'ai soulevée et assise sur le meuble-lavabo. Elle a enroulé les jambes autour de ma taille et plongé la langue au fond de ma bouche.

J'ai glissé les doigts dans ses cheveux et j'ai résisté à l'envie de les tirer. J'aimais le sexe brutal, mais pas ce soir. Ce soir, je m'occupais d'elle. Je voulais qu'elle se sente choyée et en sécurité.

Je lui ai écarté les jambes, puis je me suis agenouillé entre ses cuisses. J'ai inspiré à fond, saturant mes sens de son odeur, et je l'ai embrassée.

– Sully... ronronna-t-elle en m'empoignant les cheveux – c'était son tour de les tirer.

Les muscles de ses cuisses se sont contractés, m'encourageant à poursuivre. Mes baisers se sont transformés en coups de langue circulaire sur chaque centimètre de sa vulve lisse. Elle a gémi et m'a pressé le visage contre son intimité quand ma bouche s'est attaquée à son clito.

Pour la récompenser de ses petits cris de plaisir, j'ai inséré deux doigts dans sa chatte en faisant tournoyer ma langue dans le but de la faire jouir sur mes lèvres.

– Oh, mon Dieu, Sully... haleta-t-elle, les cuisses frémissantes.

– Jouis maintenant, ordonnai-je en la doigtant plus vigoureusement.

Je ne désirais rien d'autre que lui donner du plaisir.

Son côté soumis a immédiatement obéi à mon ordre. Ses miaulements ont gagné en intensité et des spasmes de plaisir ont secoué ses hanches.

Avant de reprendre son souffle, elle a soupiré :

– Je te veux en moi. Maintenant.

Je n'ai jamais été du genre à suivre des directives, mais là, j'ai fait une exception. Ne perdant pas une minute de plus, je me suis levé et j'ai tiré son bassin au bord du comptoir pour lui fourrer ma bite en érection dans sa chatte.

Même si je voulais toujours être doux, la bête en moi s'est échappée de la cage. Et alors, j'ai tringlé sa petite chatte serrée sans ménagement. Le besoin charnel de fusionner nos corps dominait toute autre émotion. Ses muscles tendus se sont contractés autour de ma bite alors que je lui arrachais un nouvel orgasme. Son corps a bougé en rythme avec le mien tandis qu'elle m'extrayait jusqu'à la dernière goutte de foutre.

Jusqu'à ce moment, je n'avais jamais vraiment eu l'impression d'appartenir à une femme. Oui, je l'ai baisée avec désir et passion, mais il y avait tellement plus entre nous. Nous menions un combat et nous étions dans le même camp. Nous avions en commun un ennemi, un objectif et une prime finale.

Montgomery a dit que nous serions une équipe. Il savait exactement ce que nous ressentirions et j'avais choisi à l'époque de l'ignorer, sinon m'en défendre.

Mais maintenant.

En ce moment.

Je ne voulais pas avoir d'autre guerrière à mes côtés que Portia Collins.

CHAPITRE 12

PORTIA

L'ÉTAU SE RESSERRAIT, une oppression confinant à la folie.

C'est le seul moyen de décrire ce qui se passait entre Sully et moi. Nous sommes passés de la haine à... eh bien, à l'opposé, en quelques jours, heures, voire minutes. Nos émotions jouaient au yoyo, et je ne savais pas comment le gérer. Je ne pouvais qu'imaginer qu'il ressentait la même chose. Je n'arrivais absolument pas à le cerner, ni même à le comprendre malgré tous mes efforts.

Aujourd'hui... il était bizarre. Distant, mais pas méchant. Nous étions mal à l'aise, mais pas froids.

J'étais dans la salle de bain en train de me préparer pour l'épreuve de ce soir. Aucun de nous n'avait la moindre idée du programme, car on m'avait livré une robe vert sauge qui descendait à mi-cuisse. Elle n'était pas indécente, et comme j'étais habituellement nue, je considérais que c'était une victoire. Mais rien n'était moins sûr dans ce lieu. Je savais qu'il ne fallait rien tenir pour acquis.

« Facilité d'accès », avait murmuré Sully en passant les doigts sous l'ourlet pour me caresser les fesses. J'ai frissonné, mais préféré ignorer son commentaire plutôt que de balancer une pique mordante. Je m'étais rendu compte que je n'avais pas besoin de toujours me défendre face à lui. Mieux valait hisser le drapeau blanc qui flottait au-dessus de nous ces derniers temps.

Alors que j'appliquais mon rouge à lèvres dans la salle de bain, j'ai entendu toquer à la porte de la chambre, puis la voix de Mme Hawthorne. J'ai songé à sortir la saluer, mais j'ai choisi de coller mon oreille à la porte et d'espionner leur conversation.

– Tu dois être plus gentil avec cette fille, le sermonnait-elle. Elle ne mérite pas d'être traitée comme un animal.

– Avec tout le respect que je vous dois, Mme H...

Elle l'a interrompu sèchement.

– C'est bien le problème, mon garçon. Tu ne respectes personne. J'ai compris. Tu vis une période difficile depuis la mort de ton père, c'est pour ça que je suis clémente envers toi et ton attitude détestable, mais ça ne durera pas. Ne crois pas une seconde que je vais te laisser faire. Ce n'est pas parce que tu es un adulte que je ne te tirerai pas les oreilles.

– Mon père n'a rien à voir avec mon attitude *détestable*.

Je les entendais clairement, mais j'aurais aimé observer leurs réactions de visu.

– Ton père a tout à voir avec ta façon de te comporter actuellement, et vouloir ignorer ce fait ne te rend pas service, dit-elle.

J'ai entendu un profond soupir de Sully ; son auquel je commençais à m'habituer.

– Mme H... je dois me préparer pour ce soir.

– Oui, et c'est pourquoi je suis ici. Cette soirée va vous

mettre à l'épreuve tous les deux, et tu dois être là pour cette fille. Elle a besoin de toi. Tu as besoin d'elle.

– J'ai compris.

– Je ne pense pas que tu comprennes Sully. Tu as érigé ce rempart, mais l'Ordre va l'abattre d'une façon ou d'une autre. Et je ne veux pas que tu détruises cette pauvre fille au passage.

– Je n'ai aucune intention de lui faire du mal. Et pour info, j'essaie d'être gentil.

– Eh bien, essaie mieux que ça, déclara Mme H. Tout ce que je vois, c'est un crétin. Tu vaux mieux que ça. Depuis toujours. Ne deviens pas comme ton père.

– Je ne suis pas comme mon père, aboya Sully.

– Je ne suis pas d'accord, mon garçon. Si tu ne fais pas attention, tu laisseras les ténèbres de son âme noircir la tienne. Tu ferais mieux d'apprendre à museler tes vices et à apaiser la haine qui coule dans tes veines.

Il y a eu une courte période de silence, et je me suis demandé si Mme Hawthorne avait quitté la pièce, mais je l'ai entendue parler à nouveau.

– Arrête de te battre avec tout le monde, Sully. Nous ne sommes pas tes ennemis.

– Vous vous battriez aussi si vous étiez à ma place.

– Tu n'es pas le premier jeune homme à traverser ces épreuves. Mais tu es le premier à montrer une telle hostilité.

– Car vous pensez que ce qui se passe est louable ?

– Ce n'est pas à moi d'en juger. Mais je dirai ceci... il s'agit de ton ascendance. De ta descendance. Ton rôle est de trouver le moyen de t'adapter pour surmonter l'une et l'autre. Tu ne peux pas fuir qui tu es. Tu ne peux pas te cacher. Je sais que tu penses que jouer les surfeurs en Californie était une bonne façon d'y échapper. Mais tu as des responsabilités. Ta sœur et ta mère ont plus que jamais besoin de toi.

J'ai dressé les oreilles. Sully avait brièvement évoqué qu'il avait une sœur, sans donner de détails. Était-elle plus jeune ou plus âgée que lui ? Il était toujours si secret avec moi sur sa vie privée ou ce qui avait précédé son arrivée aux Oléandres.

– Il est temps que tu t'affirmes et deviennes un homme. C'est l'objet même de cette Initiation de l'Ordre du fantôme d'argent. Sois un homme. Il serait temps.

La porte de la chambre s'est ouverte, puis refermée. Mme H était partie.

J'ai attendu quelques secondes, puis je suis sortie de la salle de bain, ignorant dans quel état d'esprit j'allais trouver Sully. Il me semblait être le genre de mec qui n'apprécie pas les sermons, aussi j'ai été agréablement surprise de le trouver souriant, en smoking, les mains dans les poches.

– Tu es magnifique, dit-il. Vraiment très jolie.

J'ai baissé les yeux vers ma robe courte, mes escarpins argentés et j'ai souri.

– Au moins, je ne porte pas un collier de chien, une queue de renard ou un autre accessoire pervers.

– Pas *encore*, dit-il avec un clin d'œil. La soirée ne fait que commencer.

Il a plié son bras pour que je glisse le mien dessous, et nous sommes sortis de la chambre pour nous rendre dans la salle de bal. J'avais beau avoir fait ce parcours plusieurs fois, j'étais nerveuse. C'était l'inconnu. La surprise. Je ne pouvais pas me préparer à ce qui m'attendait.

Sully a été le premier à réagir quand nous sommes entrés dans la pièce.

– Merde, jura-t-il, soudain raide comme un piquet.

J'ai suivi son regard jusqu'à un homme assis à côté

d'un siège en cuir, avec un pistolet à tatouer prêt à servir. Les Anciens se tenaient en cercle autour du poste de tatouage, canne en main comme pour nous frapper si nous refusions ce qui allait suivre. Le lustre éclairait faiblement la pièce et un feu brûlait dans la grande cheminée sur la droite de la salle qui n'avait pas encore été allumée depuis notre arrivée au manoir. On aurait dit une scène en noir et blanc d'un vieux film gothique flippant.

– Ils vont nous tatouer ? demandai-je, me préparant mentalement à l'acte.

Sully a poussé un gros soupir et nous a conduits jusqu'à la chaise.

– Messieurs, dit-il aux Anciens. C'est bien ici pour me faire tatouer un papillon rose sur le cul ?

– Sully Van Doren, déclama un Ancien. À toi l'honneur.

Je m'attendais à ce que Sully proteste, mais à ma grande surprise, il s'est assis, a relevé sa manche et posé son poignet devant le tatoueur. Manifestement, il savait déjà ce qui allait se passer et avait accepté son sort. Il savait même quelle partie du corps recevrait le tatouage. C'est vrai qu'il avait grandi dans ce monde de pervers.

En revanche, je n'avais aucune idée de la suite des événements. Je me suis rapprochée de Sully pour voir le tatoueur à l'œuvre, tandis que le vrombissement de l'appareil se réverbérait sur les murs de la salle de bal. Les Anciens sont restés immobiles, les yeux rivés sur Sully, à qui l'homme tatouait deux sabres croisés sur l'intérieur du poignet.

Sully n'a pas bronché. Il était si stoïque que je me suis demandé en silence si j'aurais mal, mon tour venu. À l'évidence il était impossible de ne pas avoir mal quand on vous enfonçait une aiguille dans le poignet pour y percer des milliers de trous, mais au moins Sully ne semblait pas souffrir le martyre.

Il ne me quittait pas des yeux. J'ignorais si c'était pour ne pas avoir à regarder les Anciens qui, je le savais, lui donnaient envie de vomir, ou si c'était parce que me voir l'apaisait, mais en tout cas, ça m'a plu. Si j'étais son point de mire, je me tiendrais sagement à ses côtés et je me montrerais forte pour lui – même si je paniquais intérieurement.

J'allais me faire tatouer pour la première fois de ma vie, devant une bande de vieux chnoques en cape, et je n'y pouvais rien.

J'aurais sans doute préféré un papillon rose sur le cul aux sabres de Sully, mais j'étais quasi sûre que je pourrais recouvrir le tatouage avec des bracelets jusqu'à ce que je me le fasse effacer ou transformer en un dessin moins cauchemardesque.

Une fois le tatouage des sabres croisés sur l'intérieur du poignet terminé et le pistolet éteint, le bruit des cannes qui frappaient le sol a vibré jusque dans mes os.

J'étais la suivante.

J'ai inspiré à fond, regardé Sully dans les yeux et fait un petit signe de tête.

Je pouvais le faire.

– Portia Collins, déclara l'Ancien. C'est maintenant ton tour de recevoir la Marque de l'Ordre.

Sully a attendu impatiemment que l'artiste enroule un film autour de son poignet, puis il s'est levé et m'a pris la main. Il s'est penché et m'a murmuré à l'oreille.

– Tu n'es pas obligée de le faire si tu ne veux pas. Je comprendrais que tu refuses et préfères t'en aller.

Je me suis reculée pour le regarder dans les yeux. J'avais besoin qu'il voie mon calme et ma détermination.

– Ce n'est pas un tatouage qui va m'arrêter.

Je me suis assise dans le siège que Sully venait de quitter, cherchant du réconfort dans sa chaleur résiduelle. J'étais prête à affronter l'aiguille, mais le tatoueur s'est levé, et a rassemblé son matériel pour partir.

Perplexe, j'ai regardé les Anciens. Je n'allais pas me faire tatouer ? Ils venaient d'annoncer que c'était mon tour d'avoir la marque, que j'étais la suivante.

C'est alors que l'un des Anciens s'est dirigé vers la cheminée et a en extrait par le manche en bois un tisonnier en fer forgé que je n'avais pas remarqué, enfoui dans les braises rougeoyantes. Au bout du métal, on distinguait la marque de deux sabres croisés.

– Putain, jamais de la vie ! s'écria Sully, voyant la même chose que moi, mais comprenant plus vite. Vous ne la brûlerez pas. Hors de question, putain.

Je me suis étranglée quand j'ai compris. Ils voulaient me... ils allaient me... me...

Je n'ai pas eu le temps de formuler ma pensée que Sully fonçait vers l'Ancien et lui arrachait le tisonnier des mains avec rage.

– Sully Van Doren, l'interpella un Ancien dans mon dos. Tu vas contenir ta colère ou tu échoueras à cette épreuve et l'Initiation sera terminée ; vous quitterez les Oléandres en perdants, Mlle Collins et toi.

Entendre la menace a suffi à me faire bondir hors de la chaise et courir vers Sully avant qu'il ne ruine nos chances à tous les deux. Non, il ne pouvait pas ! Je ne pouvais pas le laisser faire ça !

– Sully, suppliai-je en lui prenant les deux mains. Sully !

J'ai dû crier, car il ne semblait même pas remarquer que je me tenais devant lui. Il fixait les Anciens comme s'il ourdissait leur mort un par un... en détail. Des détails sanglants. Merde. Je devais percer sa carapace.

– On ne va pas les laisser gagner, tu te souviens ?

Ses yeux se sont recentrés sur moi.

– Tu ne vas pas te faire marquer au fer rouge comme du bétail. Je ne le permettrai pas. (Il a regardé les Anciens, puis ses yeux sont revenus sur moi, déterminés.) Dis-moi combien d'argent tu veux. Je vais te faire un chèque ce soir pour qu'on se barre de cet endroit sans aucun regret.

Oh, Sully. J'ai secoué la tête.

– Et toi ? Ce pour quoi tu es ici ?

– Je m'en branle. Il y a des choses qui n'en valent pas la peine. Et ça, c'est trop. C'est des putains de malades !

J'ai pressé ses mains dans l'espoir de lui diffuser un peu de bon sens et calmer sa rage incontrôlable.

– Ils ne peuvent pas me briser.

C'était une certitude. Pas quand l'enjeu était si gros. Je ne les laisserai pas faire.

– Et ils ne peuvent pas t'abattre, ajoutai-je.

Du moins, je l'espérais.

Et en voyant sa fureur, sa rage implacable et sa volonté de fer, je savais qu'ils ne le briseraient jamais. Qui pourrait se dresser contre Sullivan Van Doren et le faire tomber ?

Il a arraché ses mains des miennes.

– Je t'ai dit que je te paierai ce que tu veux. J'ai ce putain de fric !

– Il ne s'agit pas d'argent, rétorquai-je en espérant que les Anciens n'allaient pas nous disqualifier d'office parce qu'on mettait trop de temps à passer à l'acte. Sully, il faut qu'on le fasse, ajoutai-je d'un ton où pointait le sentiment d'urgence.

– Tu te fous de moi ? s'écria-t-il. Marquée au fer rouge, Portia. Ils veulent te *marquer* comme du bétail, putain !

J'ignorais si sa rage était dirigée contre moi, contre les

Anciens, ou contre nous tous. Probablement contre tous. Ou peut-être engueulait-il Dieu.

Je devais agir vite. Je n'allais pas pouvoir convaincre Sully de faire ça, et plus nous tardions, plus nous risquions d'entendre les Anciens marteler le sol avec leurs cannes à la con et annoncer que l'Épreuve était terminée.

J'ai donc fait ce qui était nécessaire. Comme je l'ai toujours fait.

Je n'étais *pas* mon salaud de père.

Je suis restée. J'ai affronté les problèmes. J'ai fait des choix difficiles, car je savais ce qu'était l'amour.

Je me suis avancée jusqu'au tisonnier rouge qui refroidissait sur le sol, je l'ai ramassé, et je l'ai tendu à l'Ancien qui l'avait sorti des braises.

– Allez-y, faites-le, dis-je en tendant le poignet. Qu'on en finisse.

Ma voix tremblait à peine.

Sully m'a rejointe et saisie par le bras, me tirant vers lui avec une agressivité que je n'avais pas vue chez lui avant.

– J'ai dit non !

J'ai failli le mordre.

– Dommage que je ne te demande pas ton avis.

– Alors, tu es prête à tout pour toucher ton fric ? C'est ce que tu me dis ?

Sa mâchoire s'est crispée, il a serré les poings et son corps s'est tellement raidi qu'on aurait dit que sa colonne vertébrale allait se casser.

– Je te dis que je refuse d'être brisée ! hurlai-je.

Sa rage avait fini par déteindre sur moi, et si je ne concentrais pas mon attention sur le tisonnier, je péterais grave les plombs.

L'Ancien avait déjà remis le tisonnier dans les braises et l'avait ressorti pour le donner à Sully, qui le fixait d'un œil mort. La marque rougeoyait de nouveau, un bel orange doré. La fumée qui s'en échappait me brûlait les yeux, et l'air était trouble à proximité de la chaleur de marque.

– Sully, entonna l'Ancien. C'est à toi qu'il revient de marquer ta belle afin de réussir l'épreuve.

Sully a dardé les yeux vers moi, puis vers le fer rouge, puis vers moi.

– C'est ce que tu veux ? Vraiment ?

– Fais-le, m'impatientai-je en tendant le poignet.

– Sur la hanche, intervient l'Ancien en montrant du doigt mon os iliaque.

Il m'a fallu un moment pour visualiser la nouvelle zone de mon corps qui serait marquée à vie, mais je préférais ça au poignet. Puis, j'ai soulevé ma robe courte et j'ai regardé Sully avec insistance, ne voulant pas qu'il se dégonfle.

– Ils ne gagneront pas, Sully. Ne les laisse pas gagner, dis-je tout bas.

– Bande de malades, cracha-t-il en regardant les Anciens. Vous êtes des salauds de pervers. Comment vous faites pour dormir la nuit ?

Puis il a pris le tisonnier des mains de l'Ancien et l'a approché de ma hanche.

Il a envisagé de l'appliquer sur ma peau. Je l'ai vu.

Puis j'ai vu la révulsion secouer son corps de frissons, comme si m'infliger une telle souffrance s'apparentait à une violation de son âme.

Sully ne pouvait pas en supporter plus. Cet homme était un taureau, mais ils venaient d'atteindre son point de rupture. Il brûlerait le manoir avant d'appliquer cette marque sur ma peau.

Alors je me suis avancée, j'ai saisi le tisonnier assez haut en priant qu'il ne me brûle pas les mains, et j'ai plaqué la marque contre ma propre foutue hanche.

Métal brûlant, chair brûlée.

Barbecue.

Ça sentait le barbecue. *Je* sentais la viande grillée.

J'ai hurlé de douleur et poussé le tisonnier loin de ma chair au moment même où Sully me l'arrachait des mains avec horreur.

Douleur, aveuglement, hanche brûlée, le feu qui me consume de l'intérieur. En feu, j'étais en feu. PUTAIN ÇA FAIT MAL ; MERDE, JE SUIS EN FEU...

Les muscles de mes jambes ont lâché.

Des bras m'ont rattrapée par-derrière avant que je tombe. *Leurs* bras. *Ils* me soutenaient. Pas Sully.

Sully se tenait devant moi, le visage horrifié. Pourquoi il ne me tenait pas ? Sully. *Sully. Vire leurs sales pattes de moi !*

Mais je ne pouvais pas lutter ni refuser. Merde, j'étais arrivée jusqu'ici, j'avais réussi cette Épreuve. Rien ni personne ne m'abattrait. Personne.

La dernière chose dont je me souviens, c'est le silence, l'obscurité, et un feu qui me consumait la hanche, si intensément que je me demandais si la douleur allait un jour s'arrêter.

Au feu, au feu, je brûle vive...

JE NE SAIS PAS COMBIEN de temps j'ai erré dans les arcanes obscurs de la douleur, mais quand j'ai enfin ouvert les yeux, Sully s'est dressé au-dessus de moi. J'étais dans notre lit, et il s'est assis au bord, l'inquiétude imprimée sur chaque centimètre de son visage.

– Elle est réveillée, s'écria-t-il par-dessus son épaule, dans un mélange de soulagement et de peur.

Mme Hawthorne est apparue derrière lui et a posé la main sur son épaule.

– Oh, bien. Et on dirait que son joli minois retrouve des couleurs.

– Tu vas bien ? s'enquit Sully en me caressant le front et les cheveux.

– Que s'est-il passé ? demandai-je, ignorant comment j'avais atterri dans notre chambre, dans notre lit.

– Tu t'es évanouie, ma fille. C'est tout à fait normal vu ce que tu as enduré, répondit Mme Hawthorne.

– Comment tu te sens maintenant ? demanda Sully en me prenant le poignet pour sentir mon pouls. Je continue de penser qu'on devrait appeler un docteur, dit-il en regardant Mme Hawthorne.

J'ai secoué la tête et tenté de m'asseoir, mais Sully m'a repoussée sur l'oreiller.

– Pas de docteur. Je vais bien.

J'ai baissé les yeux vers mon corps et vu un pansement sur ma hanche. La sensation de brûlure était toujours présente, mais moins douloureuse.

– Je vais bien, répétai-je.

J'étais un peu essoufflée en le disant, mais la douleur était tellement moindre qu'avant que c'en était surprenant.

– J'ai mis une pommade sur ta blessure, expliqua Mme Hawthorne. Elle va te soigner en un rien de temps. Son pouvoir de guérison est magique[2].

– Je ne les aurais jamais laissés te faire ça, grogna Sully en me regardant de travers.

– Tu n'as rien laissé faire du tout, dis-je en m'obligeant à m'asseoir. Je fais mes propres choix, dont celui-ci.

– C'est vrai, ma fille. Tu as mené cette bataille seule, et tu sortiras d'ici en voyant tes rêves exaucés. Ne laisse pas ces hommes prendre le dessus, dit-elle en souriant et en tapotant le dos de Sully. Si l'un de vous a besoin de moi, je serai dans la cuisine.

Je ne l'ai pas vue partir, car j'étais concentrée sur Sully, encore assis à côté de moi. Il avait les sourcils froncés, des cernes noirs sous les yeux, et il avait pris dix ans depuis hier. Je me suis penchée et je l'ai embrassée sur la joue. Nous avions survécu. Dieu merci, nous avions réussi à passer cette épreuve.

– Ne t'inquiète pas, je vais bien, répétai-je. *On* va réussir. Mais on doit rester forts. Il n'y a rien que nous ne puissions surmonter. Rien.

– Plus jamais, grogna-t-il. Tu m'entends ? Plus jamais, jamais, je ne t'entendrai hurler de douleur comme ça. Je tuerai avant que ça n'arrive. Jamais. Jamais. Plus jamais.

Il m'a embrassée sur la bouche, un baiser d'une infinie douceur.

J'ai répondu à son baiser pour ne pas avoir à accepter ses conditions. J'ignorais ce qui nous attendait, et si je devais hurler, pleurer, supplier à genoux et supporter mille sévices avant la fin de l'Initiation, je le ferais. Je ferais n'importe quoi.

Parce que rien ne pouvait être pire que ce qui m'attendait à la sortie si j'échouais.

CHAPITRE 13

SULLY

MME HAWTHORNE m'a remonté les bretelles pour que je sois gentil. Je savais que je devais être gentil.

Fait chier.

J'étais énervé, putain. Enragé. Furieux.

Et même si je voulais câliner Portia, l'embrasser douce-ment, lui murmurer des promesses que je n'avais pas le pouvoir de tenir, mon âme la plus noire, elle, voulait hurler. J'ai essayé de retenir ce cri. La pauvre fille avait été brûlée. Sa chair délicate était grillée, carbonisée. Elle avait besoin de réconfort. Elle avait besoin de douceur.

Mais putain, ma fureur était trop grande. C'était un monstre en moi.

– À quoi tu penses ? demanda-t-elle, titillant le monstre.

Elle ne voulait pas savoir à quoi je pensais réellement.

– Pourquoi tu n'as pas accepté mon offre ? demandai-je en essayant de contrôle la colère qui enrobait chaque syllabe de ma question.

– Ton offre ?

– Je t'ai offert l'argent que tu as demandé pour ne pas avoir à subir le marquage.

Elle a détourné le regard et pris une profonde inspiration.

– Et je t'ai répondu que ce n'était pas une question d'argent. Si tu étais un peu plus patient, je pourrais...

Mais ma fureur bouillonnante a fini par déborder.

– Patient ? Tu t'es marquée toi-même, putain ! Tu t'es cramée toute seule ! T'es une pute tellement vénale que tu ne vois pas la folie de ton geste ?!

Sa bouche s'est ouverte, choquée, puis le même feu qui rougeoyait à l'extrémité de ce putain de tisonnier a dansé dans ses yeux. Enfin, putain. Enfin.

– Tu recommences à me traiter de pute, hein ? s'écria-t-elle, les yeux en feu. Traite-moi de ce que tu veux, mais sans moi, on aurait tous les deux échoué à l'Initiation ce soir. Ton cul de dégonflé n'a pas supporté la situation !

Dégonflé ? J'étais le seul à tenir tête à ces enculés.

J'ai bondi sur mes pieds et arpenté la chambre comme un lion en cage.

– Et alors, on s'en fout ! On s'en branle, putain. Il y a des choses dans la vie qui...

– Non ! hurla-t-elle du lit. Abandonner est hors de question. Tu m'entends ? On ne peut PAS abandonner.

Je me suis massé le crâne et concentré sur ma respiration. J'avais besoin d'un putain de verre. J'avais besoin de baise sauvage. J'avais besoin d'échapper à ma réalité, à mon passé et à mon putain d'avenir.

Mais une seule de ces envies était réalisable.

J'allais baiser la pute vénale enfermée dans cette pièce avec moi.

Sans demander. Sans attendre. Sans hésiter le moins du

monde, je me suis jeté sur le lit et je lui ai arraché ses vête-ments dans une fureur folle.

Elle aurait pu crier. Dire non. Se débattre.

Même si ça n'aurait rien changé.

Mais au lieu de se dérober, elle a affronté ma rage, mon agressivité, ma fureur.

– Je vais te défoncer à t'en faire chialer, l'avertis-je en la foutant à poil.

– Bonne idée.

– Je vais te faire mal.

– Bien, grogna-t-elle furieusement.

– Je vais te traiter comme la pute que tu es.

– Tant que tu n'agis pas comme le lâche que tu es.

Sale pute.

Furibond, je l'ai retournée à plat ventre et je me suis léché la paume, car ce serait le seul lubrifiant auquel elle aurait droit.

– Tu ferais mieux de te doigter, te branler le clito, faire ce qu'il faut pour faire mouiller ta petite chatte. Je vais te défoncer le cul jusqu'à ce que tu implores ma clémence.

– Fais-moi mal, grommela-t-elle dans l'oreiller.

J'ai passé ma paume mouillée de salive sur sa chatte et j'ai recueilli sa mouille pour lui lubrifier l'anus avec sa propre excitation. Ma pute aimait la brutalité, semblait-il.

J'ai saisi mon chibre pour le coller sur son petit trou plissé, mais tout à coup, je me suis immobilisé.

Je n'étais pas cet homme.

Je n'étais pas mon père. *Il* sodomiserait une femme sans se soucier d'elle. *Il* la traiterait de sale putain. *Il* serait une foutue brute incontrôlable.

Je n'étais pas mon père.

Je n'étais pas mon enfoiré de père !

J'ai sauté du lit et bataillé pour me démêler des vêtements à moitié en lambeaux, me détestant pour ce que je m'apprêtais à faire.

– Attends, s'écria Portia. Ne pars pas.

Elle semblait perdue, mi-énervée, mi-vulnérable.

– Il le faut, dis-je en remontant mon pantalon. Je ne me fais pas confiance en ta présence. Je n'arrive pas à contrôler ma rage. Je pars en vrille.

Si je ne partais pas, j'allais enfoncer mon poing dans ce putain de mur.

Elle m'a tendu la main.

– Défoule-toi sur moi. Je veux que tu le fasses. Je veux que tu me défonces le cul. Je veux que tu évacues toute ta colère. Je le veux.

Elle m'a tiré dans le lit. J'ai osé croiser son regard et je l'ai senti me transpercer jusqu'à la moelle quand elle a dit :

– J'en ai besoin autant que toi.

Je n'ai pas eu la force de refuser. Elle avait raison. Nous en avions besoin tous les deux. Nous avions besoin d'un exutoire pour relâcher la tension qui menaçait de nous étrangler. Et putain, j'avais envie d'être en elle – de prendre son petit cul serré plus que tout ce que je n'avais jamais désiré ici-bas. J'ai dégagé mon futal, mais j'ai d'abord fait un détour par la table de nuit d'où j'ai sorti un tube de lubrifiant. La pauvre venait d'être marquée au fer rouge et elle ne méritait pas de se faire enculer à sec, même si j'étais furieux contre elle.

Je ne voulais pas penser. Je ne voulais pas flirter. Je ne voulais pas réconforter. Je voulais juste m'enfoncer jusqu'aux couilles dans son cul, et à en juger par la position de Portia à plat ventre, cul offert... impatiente... elle désirait la même chose.

J'ai enduit ma bite de lubrifiant et j'ai dit :

– Sans douceur ni lenteur.

– Bien, dit-elle en regardant derrière son épaule avec un sourire en coin. Je préfère de loin cette douleur à la brûlure de ma hanche.

Je me suis agenouillé derrière elle et j'ai guidé ma queue jusqu'à son anus — un petit trou du cul parfait, putain. J'avais envie de le doigter avec mes pouces pour le jauger, lui étirer les chairs et m'introduire dans son endroit secret, mais j'étais trop impatient et ma bite dure comme l'acier palpitait du besoin de la pénétrer.

J'avais besoin de baiser. J'avais besoin de la baiser tout de suite.

Ma bite a commencé à s'enfoncer dans sa chair chaude. Même si j'avais dit que je ne serais pas lent, j'ai ralenti quand elle a suffoqué et empoigné les draps. La grosseur de mon gland était un défi pour son petit trou du cul. Si serré. Elle devait respirer, se détendre et me permettre de la travailler un peu pour m'introduire dans son rectum.

Nous devions progresser ensemble, et à un moment donné, je n'ai pas eu d'autre choix que de filer un coup de reins et lui péter la rondelle.

Elle a miaulé comme un chaton, et un grondement venant des profondeurs de mon corps a surgi de ma gorge. Putain, rien n'était meilleur que d'être dans ce joli petit cul. Seule sa chatte était comparable, mais les deux étaient parfaits, chacun à leur manière. Maintenant que j'avais goûté à son cul, je n'allais plus m'en priver. J'exigerais d'y revenir tout le temps, ou aussi souvent qu'elle me le permettrait. Peut-être que ce ne serait que lors d'occasions spéciales et aaaaaaahhh...

Je me suis enfoncé plus loin, puis j'ai coulissé de nouveau.

Son corps a été secoué de spasmes, et elle a empoigné le

drap si fort que ses jointures ont blanchi. D'autres sons orgasmiques ont fusé de sa gorge.

– Continue, hurla-t-elle. Jouis dans mon cul.

Bon sang, cette fille...

Je l'ai pénétrée de plus en plus profond, sentant les parois se resserrer autour de moi. Je ne tiendrais pas longtemps à ce rythme, mais vu comme elle était serrée et comme je l'étirais, j'étais quasi sûr qu'elle n'avait pas envie de se faire sodomiser pendant des heures. J'ai été heureux de voir qu'elle avait entrepris de se caresser le clito quand je me suis retiré avant d'y retourner.

Ses petits cris montaient dans les aigus et elle se tordait sous moi. Nos corps glissaient ensemble.

J'ai posé la tête contre sa colonne vertébrale arquée. Je me suis ancré à son omoplate avec la bouche, puis les dents, tout en allant et venant dans son rectum, une longue glissade de ma bite dans un tunnel aux parois douces et chaudes qui se resserraient autour de moi, se contractaient et se relâchaient à la caresse de ses doigts sur sa vulve et son clito.

J'ai essayé d'adopter un rythme régulier, mais je n'y suis pas arrivé. Il n'y avait jamais de rythme régulier avec elle, même si j'essayais de garder le contrôle. Au lieu de cela, un autre phénomène s'est produit. Elle a apaisé la bête qui faisait rage en moi depuis toujours.

À chaque coup de reins, ma colère se dissipait. À chaque contraction, ma fureur s'essoufflait. À chaque miaulement sexy s'échappant des lèvres de Portia qui se donnait du plaisir, j'ai vu qui était réellement cette femme.

Pas une salope.

Pas une putain.

Une sacrée survivante. Un trésor.

Elle était forte et puissante.

C'était une femme qui me mettait à genoux.

Et sans elle... nous ne serions plus dans la course.

J'ai touché le fond de son rectum, une pénétration violente qui l'a fait hurler à la fois de douleur et de plaisir, et j'ai déposé mon sperme au cœur de son endroit le plus secret.

CHAPITRE 14

PORTIA

JE NE SUPPORTERAIS PAS un autre marquage au fer rouge. Quoique, à ce stade, qu'en savais-je ? Qui savait ce que je pouvais et ne pouvais pas supporter ?

Quand je suis arrivée au manoir, je pensais pouvoir tout supporter, tout. Pour mes sœurs, j'étais prête à endurer n'importe quoi. La douleur, la torture psychologique, *tout*. Quiconque serait prêt à tout pour sa famille, parce que c'était cela l'amour. Le véritable amour.

Et maintenant ?

Maintenant... eh bien, j'en payais le prix. Ma chair était brûlée et j'étais hantée par le grésillement de la peau, la sensation des bras qui me tenaient, les hurlements de douleur. C'est une marque que je porterais toute ma vie.

Cela en valait-il la peine ?

Absolument.

Est-ce que je recommencerais ?

...

Sans doute.

Mais j'étais contente qu'il n'y ait pas de machine à remonter le temps. Contente que ce ne soit pas un choix que j'aurais à refaire.

Sauf que nous venions de recevoir une nouvelle invitation.

Nous étions cordialement invités à une autre soirée de perversion et de débauche dans la salle de bal, et une question me trottait dans la tête : combien de gouttes de mon sang exigeraient-ils cette fois ?

La chasse au renard aurait vraiment pu être bien pire. Je m'en étais sortie avec seulement quelques égratignures. Le marquage laisserait une cicatrice à vie.

Que me réservait la petite sauterie de ce soir ?

Sully s'était renfermé depuis que nous avions reçu l'invitation, malgré l'incroyable baise animale d'hier soir.

Au seuil de la chambre, il m'a pris la main. Surprise, je l'ai regardé.

– Je ne les laisserai plus te blesser, dit-il, sa détermination se lisant dans les plis de son front.

J'ai fondu intérieurement. Et je voulais lui dire non, de ne pas faire ce genre de promesse, c'était une promesse qu'il ne pouvait pas tenir, une promesse que *je* ne le laisserais pas tenir, mais il m'a tirée par la main et entraînée dans les escaliers.

Le code vestimentaire mentionné sur l'invitation stipulait juste : « Tenue de soirée élégante + masque de carnaval » — alors Sully portait un costume noir sur une chemise blanche à pressions, déboutonnée en haut. C'était sexy, mais je le trouverais sexy même s'il était vêtu d'un sac et de cendres.

Je portais une robe rouge moulante qui épousait mes courbes, au décolleté suffisamment seyant pour happer le regard de Sully, mais pas profond au point d'être gênée de la porter à l'église. Je ne le ferais jamais, bien sûr, car le rouge sur une femme est la couleur du diable, m'avait dit à maintes reprises ma prof de catéchisme frigide quand j'étais petite.

En arrivant en bas de l'escalier, j'ai réalisé que la consigne « tenue de soirée élégante » avait été librement interprétée par les participants. Oh, certes, ces messieurs portaient pour la plupart un costume ou un smoking, mais pour ces dames, c'était une tout autre histoire.

Oh, l'élégance était de mise. Et tout le monde portait un masque. Certains scintillaient de joyaux, d'autres étaient de simples masques de soie noire. La plupart se démarquaient par un accessoire cousu main. Des plumes. Des rubans. L'un d'eux s'ornait d'un long bec comme une tête d'oiseau. Quelques hommes portaient des masques grotesques, presque sataniques.

Les femmes portaient des masques d'une grande beauté. Du blanc. Du rouge. Des plumes de paon — probablement arrachées à un vrai paon, les connaissant.

Mais pour le reste de leur tenue... Eh bien, une élégante rivière de diamants serpentait sur une brune qui trônait en pièce maîtresse au centre d'une table ronde. Le collier scintillait sur ses seins nus et lui descendait presque jusqu'au nombril. Elle avait les jambes grandes ouvertes et la taille ceinte d'un collier de perles relié à d'autres perles enfilées qui pendaient entre les grandes lèvres de sa chatte.

Des hommes masqués jouaient à tour de rôle avec les perles, les faisaient rouler sur son clito et lui léchaient la chatte. Parfois l'un d'eux lui versait du champagne sur le corps, immédiatement lapé par de multiples langues, comme les chiens se battent pour un bout de gras.

Tout le monde dans la pièce semblait dans un état

second. Pas vraiment ivre, mais pas sobre non plus. Le corps totalement détendu, les yeux brillants.

– Absinthe, monsieur ?

Une belle soubrette avec un masque de carnaval doré s'est arrêtée devant Sully. Elle tenait un plateau chargé de petits verres remplis au tiers d'un liquide vert vif, et d'autres ustensiles.

Sully a refusé poliment, mais la femme s'est penchée pour lui chuchoter à l'oreille. J'ai eu envie de gifler cette nana pour son culot – il était visiblement avec moi –, mais ensuite, j'ai entendu ce qu'elle disait.

– C'est la règle. Montgomery m'a dit de te dire qu'ils veulent que tu boives.

– Je les emmerde, jura Sully, avant de se raviser. Très bien.

Il a levé la main pour prendre un verre, mais la serveuse a reculé le plateau.

– Vous ne portez pas de masque.

– Putain, pesta Sully avant de sortir deux masques froissés de sa poche, dont un qu'il m'a tendu.

Le sien était noir avec un sigle doré. Le mien était blanc avec le même sigle. Ils étaient bien moins sophistiqués que ceux des autres convives, mais j'en étais franchement heureuse. Je détesterais devoir me concentrer toute la soirée pour garder en équilibre sur ma tête l'un de ces masques géants ornés de plumes sur le côté.

J'ai mis le masque blanc, simple et élégant, tandis que la fille à l'absinthe nous guidait vers une petite table.

Elle a savamment préparé deux petits verres d'absinthe, puis elle a posé une jolie petite cuillère au-dessus des verres, et un morceau de sucre au centre. Elle a versé un liquide sur le sucre pour le dissoudre, puis l'a mélangé à l'absinthe.

– Qu'est-ce que c'est ?

Elle a répondu par un grand sourire en nous tendant les verres, puis elle a dit :

– Que cette glorieuse soirée vous permette de vous délecter des plaisirs du corps et de l'esprit.

Sully a levé les yeux au plafond.

– Ouais, des foutaises.

Puis il m'a regardée, a fait tinter son verre miniature contre le mien et il a souri en coin.

– Cul sec !

J'ai observé les gens dans la salle.

– C'est à cause de cette boisson que tout le monde a l'air... comment dire... ailleurs ?

Me voyant loucher sur le verre d'un air sceptique, il a lâché un rire.

– Allez, avale-le comme un shot. Brûle-toi le gosier d'un seul coup. C'est comme arracher un pansement. Si on ne les combat pas, autant se joindre à eux et profiter du voyage.

Ouais bon, ce n'était pas comme si j'avais le choix. J'ai opiné et nous avons bu cul sec le verre d'absinthe.

Le liquide vert m'a effectivement *brûlé* le gosier. Je me suis mise immédiatement à tousser et à suffoquer.

Sully était mort de rire à ma réaction. J'avais envie de le frapper, alors je l'ai fait – sur l'épaule, mais quand même !

– Qu'est-ce qu'il y a là-dedans ? couinai-je, la gorge en feu.

Il a haussé les épaules.

– Connaissant ces types... n'importe quoi. Je dirais du poison, sauf qu'ils en ont tous bu visiblement.

– Vite, de l'eau, sifflai-je douloureusement.

Il a finalement arrêté de rire et m'a pris le bras. La poulette de service était introuvable, naturellement. Sully m'a conduite dans le labyrinthe des noceurs, nus pour la plupart, et a finalement trouvé une grande carafe d'eau de concombre. Il m'en a servi un verre que j'ai descendu d'un trait, puis j'ai posé le verre frais contre mes joues bouillantes.

Nous sommes restés en silence pendant plusieurs minutes, des heures... aucune idée. J'avais des vertiges et mon corps s'est mis à ronfler d'une manière bizarre et totalement inédite.

– Bon sang, murmurai-je en toussant dans ma main, qui boirait ce truc *exprès* ?

Un nouveau fou rire a secoué Sully.

– Je pensais que ta naïveté était feinte, mais je commence à croire que tu es réellement mignonne. C'est plus fort que toi.

Je l'ai fusillé du regard.

– Je ne suis pas *mignonne*, merde.

Son sourire s'est élargi.

– Trop mignonne.

– C'est *faux*.

Pourquoi avais-je l'impression que protester et taper du pied ne ferait que prouver le contraire ? Ooooh, j'avais *vraiment* envie de baffer son sourire débile.

Ou l'écraser sous ma chatte. Oui, ce serait aussi une *excellente* solution.

Je me suis mordu la lèvre et j'ai senti mes joues chauffer. Vite, détourner le regard de ce mec terriblement baisable. Oui. Arrête de penser au cul. Non, non, monsieur.

– Qu'est-ce qui te prend ? s'esclaffa-t-il.

J'ai regardé Sully, surprise.

– Quoi ?

– Quelle pensée te fait rougir comme une pucelle ?

Interloquée, j'ai tourné la tête, rougissant de plus belle.

– Ça ne te regarde pas !

Mais soudain, la main brûlante de Sully m'a assailli la

nuque, me massant juste sous l'oreille. Puis il s'est penché vers mon autre oreille, me chatouillant de son souffle chaud.

– Qu'est-ce qu'il y avait dans cette boisson ? demandai-je. Je ne devrais pas me sentir comme ça après un seul verre.

Même ma vision a semblé soudain affectée. Tout était si lumineux, et mon corps débordait de vie. Mon cerveau rationnel luttait contre ce besoin irrésistible de... frivolité.

– Est-ce important ? sourit-il en clignant des yeux plusieurs fois, ressentant visiblement les mêmes troubles que moi. On l'a bue. Autant profiter de ses effets.

– On devrait retourner dans la fête.

– Tu veux dire la fête où tout le monde baise ? Où ils se touchent et se jouissent dessus, alors que ces connards d'abrutis ne ressentent pas une once de l'alchimie qui s'opère entre toi et moi ? (Il a tiré la langue et m'a léché le lobe.) Tu parles de *cette* fête ?

Je me suis mise à haleter, le corps secoué de spasmes, et... j'ai joui, je crois.

J'ai pivoté entre les bras de Sully et j'ai tripoté les revers de sa veste. Soudain, je me suis sentie ivre de lui. Mon Dieu, ses *lèvres*. Elles étaient si pleines et rugueuses, et je savais exaaaaaactement comment il aimait les utiliser sur mon corps.

Je me suis mordu la lèvre au sang.

Parce qu'il n'y avait pas que ses lèvres qu'il aimait utiliser.

Oh non, Sully adorait utiliser ses dents. Sur tout mon corps. Pincer et mordre. C'était un très vilain garçon. Savait-il que les gentilles filles n'aiment pas qu'on les morde ?

Mais je n'étais peut-être pas une gentille fille, en fait ? Parce que j'aimais bien être mordue. Peut-être que j'étais le genre de fille qui aimait porter du rouge à l'église le dimanche. Peut-être que j'étais le genre de fille qui voulait que les hommes la regardent – non, je voulais juste que CET homme me regarde.

Je voulais qu'il me regarde de la façon dont il le faisait maintenant : comme s'il était à deux doigts de m'arracher mes vêtements et de me baiser si profondément et si violemment que je ne sentirais plus jamais aucune autre bite en moi parce que ça ne serait jamais bien, parce qu'aucun autre ne serait LUI.

J'ai levé les yeux vers les siens...

Et j'ai été aspirée par la déferlante de désir, d'attirance magnétique et de putain de BESOIN qui nous habitait.

Il m'a soulevée par la taille et mes jambes se sont enroulées autour de ses hanches.

Il m'a entraînée hors de la pièce comme un homme des cavernes, un putain de pithécanthrope.

Nous nous sommes engouffrés dans un bureau. Un couple se pelotait contre un mur. Sully a rugi « DEHORS ! » du ton le plus autoritaire et sexy que j'avais jamais entendu, et ils ont filé dare-dare.

Mais il ne m'a pas bousculée. Il m'a allongée délicatement sur le somptueux tapis devant la cheminée.

Je ne voulais pas de douceur.

Je voulais que l'animal en lui s'accouple avec l'animal en moi.

J'ai déchiré ma fichue robe rouge qui coûtait sûrement un bras, acte gratuit qui m'aurait affligée en temps normal. Pas ce soir. Pas maintenant. J'ai empoigné le bas du décolleté en V et j'ai tiré vers le bas. Comme le tissu résistait, Sully a pris le relai et l'a déchiré jusqu'à l'ourlet.

Il a fait preuve de la même impatience avec mon soutif, qu'il a arraché avant d'écraser la bouche sur mon téton tandis qu'il m'empalait sur sa queue.

À la seconde où il m'a pénétré, nous avons tous les deux soupiré de soulagement.

Mais ce n'était pas suffisant. Oh non, c'était loin de me suffire, putain.

– Encore, gémis-je. Plus fort.

J'ai arraché mon masque, puis le sien. Je ne voulais pas le moindre obstacle entre nous. Aucun millimètre de peau caché à son regard pénétrant. J'étais en quête d'absolu.

Il dodelinait déjà de la tête, une main sous mon crâne pour qu'il ne heurte pas le sol et l'autre sous mes fesses pour s'enfoncer jusqu'à la garde.

– Ouais, bébé, j'y vais, murmura-t-il. Je sais ce dont t'as besoin. J'y arrive, bébé. Je t'ai comprise. Tu sais que je te comprends toujours.

J'ai hoché la tête et je me suis collée contre son torse, mais ce n'était pas assez. Je me suis hissée pour atteindre ses lèvres.

Pendant un instant, il a cédé et m'a roulé une pelle en me défonçant bestialement, des coups de reins vigoureux pour combler mon putain de besoin. Il savait toujours comment j'avais envie d'être prise. Oh oui, juste là, juste comme ça...

– Oui, chéri, oh oui, juste là, oh oui, là, là...

Ma voix est partie dans les aigus quand j'ai joui, resserrant les cuisses autour de lui, les talons plantés dans son cul pour le pousser plus loin en moi.

Il a accéléré la cadence, me baisant à fond sur le tapis moelleux et le parquet dur en dessous... oh c'était bon, putain. Tellement bon...

Mes muscles se sont contractés et j'ai joui encore, le poussant à son point de rupture.

Il m'a pilonnée en déversant un chapelet de jurons.

– Putain, meilleure baise de ma vie, putain de chatte

magique, je n'en veux plus jamais une autre, jamais, la meilleure, parfaite, tu es parfaite, putain, je t'adore, putain, oh putain, seulement toi, toujours toi, *toi*, je vais jouir, oh putain, oh putain, oh putain, oh pu-u-u-tain !

Le dernier mot était un cri et il m'a écrasée contre lui. Je me suis ancrée à lui quand nous avons atteint ensemble ce putain de septième ciel et explosé comme mille soleils.

Sully s'est effondré sur moi en soufflant comme un bœuf.

Je flottais encore dans les limbes.

En dehors de mon corps, quelque part au plafond.

En même temps, j'étais au bout de mes doigts. À l'intérieur !

Fourmillements. Planement. Vertige.

Et toutes ces couleurs. Tellement de couleurs.

Mon âme souriait béatement.

Cette boisson... qu'y avait-il dans ce verre pour me rendre si... joyeuse ? Joyeuse. Brillante. Lumineuse.

Sully était chaud. Peau contre peau.

– Je t'aime bien. Beaucoup, confessai-je d'une voix étrange, presque la voix d'une... inconnue.

Trop bizarre.

Sully a basculé sur le flanc, un sourire magnifique lui illuminait le visage. Il ne souriait pas assez. Il devrait sourire plus souvent. J'ai tendu la main et tracé de l'index le contour de ses lèvres. J'ai remonté d'un côté de la bouche, puis j'ai tourné à la commissure et j'ai glissé sur la pulpe de la lèvre inférieure. Très jolie bouche.

Il a haussé l'un de ses sourcils épais et sexy, très sexy. Il m'a entendue ? J'ai parlé à haute voix ?

– Jolie bouche ? s'étonna-t-il.

J'avais l'air de l'amuser. Mais alors que je le contemplais, ses iris chocolat se sont assombris, ses pupilles dilatées. Il a cligné des yeux et son sourire s'est effacé.

– Pourquoi je me sens si… j'ai l'impression d'être différente, dis-je, sans le regretter du tout, mais perplexe face aux sillons de lumière que semblaient laisser derrière eux les mouvements de Sully.

– On plane, expliqua-t-il (ou je l'ai imaginé le dire ?) Tu es belle quand tu planes. J'ai déjà bu de l'absinthe, ça n'avait rien à voir. Là, c'est un truc…

Il a fermé les yeux et tendu le cou comme un lion qui se redresse et s'étire.

Puis il a rouvert les yeux et les a reposés sur moi comme si j'étais la proie qu'il cherchait. Mais il y avait autre chose. Il y avait une lumière, une chaleur, un instinct possessif.

– C'est autre chose, murmura-t-il de sa voix ronflante et basse que j'adorais.

J'adorais ce grondement montant du fond de sa poitrine et vibrant dans la mienne, car nos corps se touchaient.

C'était comme s'il me voyait pour la première fois. Mais sans son masque habituel. Il me regardait… m'admirait, émerveillé par cette vision.

J'ai jeté un coup d'œil furtif derrière moi, mais il n'y avait personne. J'étais la seule femme dans la pièce.

Il a déplié son index épais et rugueux et l'a promené sur l'arête de mon nez. J'ai gloussé à cette chatouille.

Et son sourire est revenu.

– J'aime bien ton rire, murmura-t-il d'une voix traînante.

Puis il m'a regrimpé dessus.

Je me suis installée sur le dos au creux du tapis et il s'est préparé. Il a glissé les genoux entre mes cuisses, posé les coudes de chaque côté de ma tête.

Il m'a exploré le visage du bout des doigts.

Mais son visage n'était pas comme d'habitude. Il n'avait

pas son expression sarcastique, son rictus, ou son air méfiant.

Il était concentré... de la pure concentration. Il s'est mordu le coin de la lèvre en explorant la ligne de mon nez, puis de mes joues, en écartant les doigts pour toucher tous mes traits.

Et chaque point de contact provoquait une explosion d'étincelles multicolores.

Mes mamelons se sont durcis comme des pointes de rocher.

Sully était entre mes jambes et même si nous venions de baiser, il a bandé tout de suite, un bite d'acier contre ma cuisse.

Il ne s'en est pas occupé, toutefois. Il a continué de m'effleurer le visage en douceur malgré ses gros doigts brutaux.

J'ai joui, mon corps entier s'est cabré contre le sien. Je n'ai pas pu, ni voulu, me retenir.

Ça lui a arraché un nouveau sourire, du genre salace, ceux que je préférais.

Puis ses yeux se sont posés sur mes lèvres.

Il avait l'air complètement hypnotisé.

– Est-ce que tu as seulement conscience de ta foutue beauté ? Tu ne ressembles pas aux autres filles. Tu n'es pas fausse. Tu n'es pas une Barbie. T'es vraie. Putain, t'es tellement vraie. Tu me rends fou. Je ne pense qu'à toi. Tu m'obsèdes. J'ai envie de vénérer ce corps toute la journée.

Il m'a saisi la taille, puis les hanches, me pétrissant les chairs, mais pas du côté de la marque au fer rouge en cours de guérison. De l'autre côté, cependant, il m'a massée *en profondeur*.

– Je veux te faire du bien, putain...

Il a baissé la tête m'a embrassée sur la bouche. Contrairement à tout à l'heure, il n'était pas bestial. Cette fois, il m'a à peine effleurée.

J'ai gémi, tendant le cou pour l'embrasser vraiment, quémandant ses baisers.

Il a continué de frôler ses lèvres pleines et masculines contre les miennes, de façon plus en plus appuyée chaque fois. Un supplice de la tentation. Il m'amenait au bord du supportable.

Jusqu'à ce que j'enroule les bras autour de son cou et le tire vers mes lèvres, écrasant ma bouche sur la sienne. J'ai enroulé aussi les jambes autour de sa taille pour faire bonne mesure. Nous étions toujours nus et trempés du précédent rapport. Il a glissé facilement en moi.

J'ai gémi et joui au premier coup de reins. Il m'a léché et embrassé la gorge tandis que je me cramponnais à lui, secouée de vagues de plaisir. Mes jambes se sont serrées autour de sa taille, puis se sont aventurées plus haut, les genoux pliés haut dans son dos, mes talons contre son cul. Je l'agrippais par toutes les parties adhérentes de mon corps. Plus près. Plus à fond. Mon Dieu, n'importe quoi pour l'enfoncer plus loin en moi.

– C'est ça, bébé, haleta-t-il. Putain, t'es tellement chaude. Je te fais prendre ton pied. Tu me sens ? Sens comme je suis au fond. Comme je marque mon territoire. Aucun autre homme ne fourrera cette chatte, car elle m'appartient. C'est bon, tu le sens. Tu me sens. T'aimes que je sois là. Tu sais que je suis le seul qui ait jamais été chez lui dans ta chatte. Le seul qui te fera jamais ressentir ça. Qui pourra jamais te donner ça.

Il s'est enfoncé jusqu'à la garde, explorant les profondeurs de mes replis intimes avec sa bite parfaite. Il m'a fait crier.

– Oui. Oui. Sully. Oui. Encore. Oh mon Dieu, encore.

Il m'a fait un suçon dans le cou.

J'ai couiné et j'ai enduit sa bite de jus crémeux, jouissant encore une fois. Je n'ai jamais été aussi réactive. Je m'ignorais capable d'enchaîner autant d'orgasmes. Chaque jouissance était spectaculaire. Me faisait grimper plus haut que la précédente. Le meilleur pied de ma vie, mieux que ce que je pensais possible.

Comment réussissait-il cet exploit ?

Comment réussissions-*nous* cet exploit ? Nous avions baisé au manoir. Je veux dire, nous avions *beaucoup* baisé. Et c'était génial.

Mais ça n'avait rien à voir.

J'ai tiré Sully par les cheveux, brutalement, et j'ai éloigné son visage de ma gorge. Je voulais voir sa gueule, ses yeux. Je devais sonder son regard pour voir si c'était seulement dans ma tête ou s'il était réellement là avec moi cette fois.

Putain, il était vraiment là.

Vraiment.

Il m'a regardée comme si j'avais décroché la lune et les étoiles. Comme si j'étais le Créateur en personne.

Il a vu jusqu'à mon âme.

Et j'ai vu la sienne.

Ni lui ni moi n'avons détourné le regard.

Il allait et venait en moi, nos êtres intimes reliés, fusionnels, et nous n'avons pas détourné le regard.

Je voyais l'effort lui déformer les traits. Il essayait de retenir la marée.

J'ai pris son visage en coupe. Ne savait-il pas qu'il n'avait pas à se retenir avec moi ? Il pouvait avoir ce plaisir aujourd'hui, demain et pour toujours.

Nous venions juste de découvrir ce trésor et nous n'allions pas le laisser filer, putain. Je ne laisserais pas cela arriver.

Un peu de magie dans ce foutu monde tragique et cruel.

Tout le monde essaierait de nous le voler, le piétiner, démentir sa réalité.

Nous ne pouvions pas les laisser faire.

Nous devions nous battre pour cela.

J'ai pris son visage dans mes mains.

Oh mon bel amour, a chanté mon cœur, *bats-toi avec moi. Ne me laisse pas défendre seule ce trésor. On peut tout avoir. Je ne sais pas comment, mais je sais que c'est vrai. Je le sais au fond de moi.*

J'ai communiqué par le regard et je jure, pendant une seconde, je jure qu'il m'a entendue. J'ai vu son acquiescement silencieux. Il m'avait entendue et j'espérais qu'il aurait le courage d'écouter mon appel pour passer à l'action.

J'ai prié pour qu'il soit assez courageux pour se battre pour nous. Se battre pour cette magie qu'on ne rencontre qu'une fois dans sa vie.

– Chérie, murmura-t-il.

Puis il a fermé les yeux et joui si fort que tout son corps a tremblé.

Je l'ai soutenu dans ce déferlement, un dernier orgasme m'a traversée.

Des larmes me sont montées aux yeux alors que je serrais mon homme. J'ai pleuré de plaisir en priant pour un avenir meilleur, ensemble, dans cet instant magique où tout semblait possible.

CHAPITRE 15

CES ENFOIRÉS NOUS ONT DROGUÉS.

Je savais qu'il y avait une autre substance que l'absinthe, mais refuser de boire était impossible. Et au fil de la soirée, j'ai compris que c'était bien plus enivrant que la normale. J'avais bu des litres de liqueur verte dans ma vie, et jamais elle ne m'avait déchiré comme hier soir.

Elle devait contenir un hallucinogène... du LSD.

Probablement. Le fait est qu'une fois dans ce foutu bureau avec Portia, j'ai arrêté de me soucier de perdre le contrôle de mes propres facultés.

Impossible de m'endormir avant plusieurs heures quand nous sommes retournés dans la chambre, et même alors, j'ai fait des rêves si curieux et si hauts en couleur que je n'étais même pas sûr de m'être reposé.

Et Portia. Pauvre Portia. Même sobre, cette fille était tellement tendue qu'elle avait du mal à trouver le sommeil, alors avec l'esprit aussi embrouillé, elle n'a pas réussi à dormir. Je la tenais dans mes bras, j'essayais de l'apaiser, je l'embrassais quand elle se retournait dans le lit, mais je savais que son sommeil était aussi agité que le mien.

Putain, qu'est-ce qui nous est arrivé pendant cette épreuve hier soir ?

Nous avons baisé comme des dieux. C'était incroyable. Du sexe qui semblait durer une éternité. Du sexe qui nous a amenés à un tel niveau de... un niveau de *quoi* ?

Les souvenirs m'embrouillaient la tête et quand j'ai zyeuté Portia, qui s'étirait dans le lit, je me suis tout de suite senti gêné. La nuit dernière était bien plus qu'une baise époustouflante, du moins pour moi, et sans doute pour elle.

Est-ce que je me suis ridiculisé ?

Qu'est-ce que j'ai dit ?

Qu'est-ce que j'ai *fait* ?

Seigneur... De vagues souvenirs remontaient. Je l'ai appelée *chérie* et *bébé*. J'étais... cucul à en vomir. Mais le plus terrible, c'est que je pensais tous les mots que j'ai dits. Ils venaient des profondeurs sombres de mon cœur emmuré.

Était-ce l'absinthe hallucinatoire ?

Ou était-ce autre chose ?

– Oh la vache... quel cocktail, marmonna-t-elle en balançant les jambes hors du lit et en frottant ses yeux ensommeillés.

– Il y avait autre chose que de l'alcool, bâillai-je en m'étirant, refusant de me lever. Je pense qu'elle a versé une drogue sur le sucre.

Elle m'a regardé, les yeux ronds comme des soucoupes.

– Hier soir, c'était... on était drogués ?

– Sans doute de l'acide. C'est la seule façon d'expliquer ce qui s'est passé.

Elle a détourné les yeux et grimacé comme si je venais de la gifler. Il lui a fallu un moment pour relever le menton, balancer ses épaules en arrière, et afficher le sourire le plus faux du monde.

– Exact. La seule façon, acquiesça-t-elle.

– Les Anciens voulaient vraiment nous faire disjoncter.

Mes paroles semblant la contrarier, j'ai envisagé de lui dire que je pensais chaque mot prononcé hier soir – drogué ou pas – et que je m'étais senti...

– Plus rien ne me surprend, dit-elle en haussant les épaules. Tout ici n'est que mensonge, manipulation... et maléfice.

Elle s'est levée et rendue directement dans la salle de bain, fermant la porte derrière elle.

J'ai poussé un soupir de soulagement. Ça ne me plaisait pas qu'elle me fasse la gueule, mais j'avais besoin d'un moment de solitude pour réfléchir. Je me suis frotté la mâchoire, douloureuse à force d'avoir serré les dents hier soir, effet secondaire de cette drogue à la con, et j'ai essayé de me rendormir dans l'espoir de me réveiller dans un bien meilleur état d'esprit.

Quand j'ai entendu la douche couler, j'ai su cependant que je ne resterais pas longtemps à me prélasser au lit. Trip sous acide ou pas, Portia était du matin et elle voudrait me voir debout et fringant, pas la tête dans le cul.

Nous n'allions pas du tout discuter d'hier soir ?

Pas d'étreintes enamourées le lendemain matin ?

Pas de mots doux ?

Portia ne voulait clairement pas, et franchement... moi non plus.

Hier soir, c'était... eh bien... c'était hier soir et ça le resterait.

Plus sûr. Plus simple.

Quand l'eau s'est arrêtée, j'ai grommelé. Cette fille ne pouvait même pas prendre son temps pour se doucher. Tout devait être dans l'instant, rapide, calé sur son horloge interne. Sachant qu'elle allait sûrement sortir de la salle de bain en tenue de sport, prête à partir, j'ai décidé de tuer dans l'œuf l'idée absurde d'aller courir après avoir ingurgité du poison. J'ai attrapé le téléphone près du lit et appelé la cuisine dans l'espoir de convaincre Mme H d'avoir pitié et de nous monter le petit déjeuner dans la chambre.

– Je me demandais si j'allais avoir de tes nouvelles, mon garçon.

– Ouais, la nuit dernière était... intéressante. Ça vous ennuie de nous servir le petit-déj au lit ? Je vous en serai éternellement reconnaissant.

– Bien sûr. Le petit déjeuner spécial lendemain de fête ? s'esclaffa Mme H d'un rire bon enfant.

– Vous me connaissez tellement bien.

J'ai raccroché au moment où Portia sortait de la salle de bain, comme prévu en tenue de sport. J'ai été surpris de voir qu'elle pouvait retrouver sa forme olympique comme si rien ne s'était passé hier soir.

– J'ai commandé le petit déjeuner, dis-je en reposant ma tête sur l'oreille. Il devrait arriver dans quelques minutes.

– Et le jogging du matin ?

– Portia, grognai-je. On peut prendre un jour de repos. Surtout après ce qu'on a ingurgité hier soir.

– Raison de plus pour aller courir, dit-elle en ouvrant un tiroir pour prendre ma tenue de sport. Ça évacuera les toxines.

Je me suis roulé sur le flanc et j'ai tiré le drap sur mon épaule.

– Non. Je veux de la bouffe bien grasse ou un truc pour faire partir la gueule de bois. Faut soigner le mal par le mal.

– Sully, chouina-t-elle. Allez, viens.

– Portia, me lamentai-je en imitant sa voix.

– Je veux courir.

Comme sa déclaration était vraie. Elle voulait toujours s'enfuir.

– Tu devrais essayer de ne pas courir pendant *une* journée.

Elle a fermé violemment le tiroir et a jeté mes affaires sur le lit.

– Ah ouais ? Eh bien, tu devrais essayer d'arrêter d'esquiver la réalité pendant *une* journée.

Touché.

À l'évidence, nous étions comme nous étions et rien – même pas une soirée intime – ne pouvait changer la donne. Surtout quand aucun de nous n'avait l'intention de parler de ce que nous nous étions dit... et avions ressenti.

Quand elle a compris que je ne me lèverais pas, elle s'est affalée sur un siège en soupirant et a croisé les bras.

– Très bien. On sortira après le petit-déj. J'ai besoin de prendre l'air.

– D'accord, dis-je, voulant lui accorder au moins cette victoire.

Elle m'évoquait un animal en cage, et je ne pouvais pas lui reprocher de vouloir échapper aux murs étouffants du Manoir des Oléandres.

Un silence gênant a suivi, jusqu'à ce que Mme H arrive avec du bacon, des œufs et du jus d'orange – enfin, de la vodka orange quand j'aurai transvasé la mignonnette posée à côté du verre.

Mme H m'a regardé, puis elle s'est adressée à Portia.

– Eh bien, tu as l'air en meilleure forme que Sully.

– Merci, protestai-je, mais je ne pouvais pas nier le fait que Portia illuminait la pièce, même en jogging et débardeur. Je vous aime aussi, Mme H.

Elle a souri et posé le plateau sur la table près de la cheminée.

– Bon appétit, les enfants. Et dites-moi si vous avez besoin d'autre chose.

– On pourrait avoir besoin de plus de jus d'orange, dis-je en m'asseyant dans le lit, tentant d'ignorer les coups de marteau dans mes tempes.

– On a suffisamment de jus d'orange, corrigea Portia. On a besoin de rien d'autre. Merci.

Je lui ai lancé un regard assassin, mais je n'ai pas voulu faire d'esclandre devant Mme H, d'autant qu'elle se rangerait sûrement du côté de Portia.

– Merci, Mme H. Ça a l'air et ça sent bon.

Quand elle est sortie de la pièce, je me suis levé et j'ai songé à déjeuner à poil pour mettre Portia mal à l'aise, mais finalement, j'ai enfilé la tenue de sport qu'elle avait jeté sur le lit.

J'étais trop crevé, affamé et groggy pour être un vrai con.

Portia est arrivée au plateau avant moi et a piqué la mignonnette de vodka.

– Si je ne peux pas courir, tu ne peux pas boire. Ça me semble fairplay.

Elle a reculé comme si elle redoutait que je l'attaque pour reprendre l'alcool.

Je me suis assis et j'ai tiré mon assiette vers moi, renonçant à mon cocktail du matin.

– Ouais, c'est fairplay, concédai-je.

CHAPITRE 16

Après la dernière Épreuve, j'étais moins stressée de descendre l'escalier au bras de Sully pour découvrir ce qui nous attendait ce soir. Nous avions eu quelques jours de repos après le LSD.

C'était la partie la plus plaisante de l'Initiation, quand ils décidaient de nous laisser tranquilles. Ils ne pouvaient pas être constamment des salopards sadiques. Le but de tout ce cirque, c'était le plaisir, non ? De l'absinthe, du LSD, des vieux pervers qui prenaient leur pied de toutes les manières possibles et inimaginables ?

Aucune boîte à costume n'accompagnant l'invitation cette fois, j'étais nue. Les vieux chnoques aimaient mater. Tu parles d'un scoop.

J'étais jeune et bagarreuse.

Ils ne pourraient pas me marquer deux fois.

Et Sully me défendrait.

Je lui ai jeté un coup d'œil et j'ai froncé les sourcils.

Notre relation s'était dégradée depuis le LSD. Enfin, ça n'allait pas vraiment mal. Mais ce n'était pas génial. Il avait beaucoup dormi. Sans m'inviter à le rejoindre au lit. J'ai fait beaucoup d'abdos, de fentes et de mouvements d'aérobic tirés de mes souvenirs des vidéos YouTube devant lesquelles je m'entraînais avec Tanya.

En bref, nous n'avons pas couché ensemble depuis le LSD. Le lendemain matin, j'étais déconfite quand il m'a dit que toute la soirée... et tous les sentiments qu'ils m'avaient avoués étaient uniquement dus à la drogue. Il l'a dit avec une telle désinvolture, comme s'il était impossible qu'il ait pu dire ces choses intimes et gentilles pour une autre raison.

J'ai dû foncer dans la salle de bain pour cacher mes larmes. Parce que j'avais cru... j'avais cru... bref, j'ai été conne d'espérer des bêtises.

Je m'étais aspergé le visage d'eau froide, semoncée devant la glace, mais ça n'a pas suffi. Mes larmes continuaient de couler de façon incontrôlable, alors j'ai ouvert l'eau et j'ai pris une douche brûlante, à la limite du supportable, en veillant à ne pas mouiller ma marque encore douloureuse. Puis je suis passée brusquement à l'eau froide. Une douche froide en janvier était une punition, mais ça me semblait tout à fait approprié.

Je n'étais revenue dans la chambre qu'après avoir retrouvé ma contenance.

Et Sully avait continué d'agir comme s'il ne s'était rien passé entre nous la veille. Il ne se rappelait peut-être même pas ce qu'il m'avait dit. Des mots qui clignotaient encore comme des enseignes lumineuses dans mon cerveau, mais peut-être que la drogue agissait différemment sur chacun.

Depuis, il m'ignorait royalement. Même si je n'ai pas pu m'empêcher de me contorsionner et de lui coller mes fesses moulées dans un short sous le nez pendant les exercices d'aérobic.

Il s'est contenté de se tourner de l'autre côté, de tirer un oreiller sur sa tête et de me dire de foutre un casque pour qu'il ne soit pas obligé d'écouter Britney Spears et Lady Gaga à fond cinq heures par jour.

Puis, quand je l'ai rejoint dans le lit pour dormir la nuit, il a pensé qu'il pouvait me toucher à sa guise ?

Euh... certainement pas, mon pote.

Il avait dormi toute la journée, m'ignorant complètement, puis il a cru qu'il pouvait m'avoir juste parce que j'étais allongée à côté de son gros cul paresseux ?

Nan.

Ce n'est pas parce que j'étais dans cet endroit délétère que je n'avais jamais entendu parler d'un petit principe appelé estime de soi, merci beaucoup.

Mais maintenant que nous descendions les marches vers l'inconnu, dans le plus simple appareil tous les deux, j'avais envie de lui prendre la main.

On lui avait apporté un costume comme les autres fois.

Il m'avait regardé dans les yeux et l'avait jeté par terre, piétiné et s'était mis complètement à poil, comme moi, puis il m'avait indiqué la porte d'un signe de la tête le moment venu de descendre.

Et j'étais tombée un peu amoureuse de ce salaud.

Quand nous sommes entrés dans le champ de vision des Anciens, nus comme le jour de notre naissance, j'ai remarqué les haussements de sourcils. Un homme nous a carrément fusillés du regard.

Sully s'en battait les couilles.

Il se tenait droit, dans la glorieuse nudité que lui avait accordé le Seigneur et souriait à la ronde.

J'ai commencé à ressentir une excitation nerveuse, pas

de la bonne espèce.

Il y avait une sorte de... un climat étrange dans la pièce.

De l'impatience.

Il y avait de l'impatience dans l'air.

Car si certains hommes regardaient ailleurs, la plupart regardaient dans ma direction. Et souriaient.

Ce n'était pas des sourires sympathiques.

Je ressentais vraiment l'urgence de prendre la main de Sully.

Mais à quoi ça servirait ? Ce serait afficher un signe de faiblesse face aux vautours.

Et il ne pouvait pas me protéger.

La marque au fer rouge ne l'avait-elle pas montré ?

J'étais ici pour une raison. Oh mon Dieu, j'étais ici pour une raison. Ma famille avait besoin de moi. Ma famille avait besoin de moi.

Je me le suis répété en boucle comme un mantra alors que tout mon corps se mettait à trembler de peur. Je n'étais pas certaine de croire en Dieu, mais j'ai prié pour qu'il me protège. Faites ce que Sully ne peut pas faire, ai-je supplié. Mon Dieu, je vous en prie, protégez-moi. Sauvez-moi de ces hommes maléfiques.

À ce moment-là, deux femmes sont apparues à la porte. Elles étaient nues aussi. Parfaitement maquillées et coiffées.

De belles du Sud, de magnifiques sirènes.

– Emmenez-la et préparez-la, dit l'un des hommes, sûrement un Ancien.

Les femmes ont hoché la tête comme des automates et se sont approchées de moi. *Non*. Un signal d'alarme s'est déclenché dans ma tête et tout mon corps s'est raidi.

– Où vous l'emmenez ? demanda Sully d'une voix légèrement alarmée aussi, car il avait perçu mon raidissement.

– Ce n'est pas ton problème, répondit un Ancien avec

arrogance.

– Elles vont la préparer pour l'Épreuve, répondit un autre.

Sully a regardé un homme dans un coin de la salle.

– Montgomery ?

Le seul autre jeune présent. L'ami de Sully. Je l'ai regardé aussi comme s'il pouvait me sauver. Il n'a pas eu l'air ravi, mais il a hoché la tête.

– C'est juste un rituel. C'est bon.

Sully a froncé les sourcils, mais il a opiné.

J'ai baissé les yeux au sol.

Son ami était un menteur.

Ou un ignorant.

J'espérais pour la santé mentale de Sully que Montgomery ignorait simplement le programme de la soirée.

Et je l'ai détesté de ne pas me protéger.

Car, quelle que soit la suite des événements, ça n'allait sûrement pas être *bon* pour moi, je le savais instinctivement. Je courais un danger.

Mais j'avais survécu à leur chasse au renard.

J'avais survécu à leur marquage au fer rouge.

Pour ma famille, je survivrais à tout.

Je me suis détournée de Sully. J'avais la mauvaise habitude d'être incapable de lui cacher la vérité, et s'il voyait la réalité que j'affrontais, quel que soit le mal à combattre, je craignais qu'il ne démolisse ce manoir maudit.

Mais je devais penser à ma famille... surtout à ma plus jeune sœur. Ma petite sœur chérie qui avait besoin de moi plus que jamais.

Et sa *vie* valait tous les sacrifices.

Alors j'ai rejoint les sirènes, ces sorcières au visage d'ange, et j'ai franchi à leur suite la porte qui sans nul doute me mènerait un étage plus bas dans l'enfer.

CHAPITRE 17

– Non !

J'ai crié. Je les ai combattus. Je me suis battue.

Les quatre hommes ont fini par me maîtriser au sol et me jeter dans un coffre en pin, sur le terrain aux confins de la propriété.

J'ai crié pour demander grâce aux brutes qui me tenaient.

J'ai crié pour demander de l'aide aux femmes qui m'avaient conduite ici comme un agneau à l'abattoir dans la voiturette de golf.

J'ai crié pour appeler Sully.

J'ai crié pour appeler ma mère, morte depuis longtemps, et le père qui nous avait abandonnées au moment où nous avions le plus besoin de lui.

J'ai crié pour implorer Dieu.

Et pas un seul d'entre eux ne m'a répondu tandis qu'ils clouaient le couvercle du cercueil, le refermant sur moi.

J'ai crié à l'aide jusqu'à en perdre la voix. Je détestais les espaces confinés. J'avais peur du noir, depuis toujours. Oh maman, j'ai peur du noir. J'ai *peur* du noir.

Arrête de paniquer, arrête ! me criais-je à moi-même du filet de voix éraillée qui me restait. Réfléchis, putain !

Le cercueil était en pin. J'étais forte. J'avais passé les dernières semaines à me muscler. J'étais une bête de muscle.

Et j'étais une guerrière.

Mon Dieu, toute ma vie était un combat. Une putain de bataille à la vie à la mort.

La chanson *Fighter* de Christina Aguilera m'a traversé l'esprit.

J'étais forte, j'étais dure et j'étais intelligente.

J'ai entrepris de taper dans la boîte. C'était du pin. Je pourrais peut-être défoncer ces foutues planches et sortir. Je l'avais vu faire au cinéma.

J'allais sauver ma peau. Comme toujours. Me sauver, puis sauver mes sœurs. J'étais une meuf coriace, et si Dieu ne me sauvait pas, je me sauverais moi-même, putain.

J'étais forte, j'étais dure, la vie était cruelle, la vie était une *chienne*, pour moi, pour ma famille, pour mon adorable sœur, et merde, je les emmerdais TOUS, je n'abandonnerai jamais, je n'abandonnerai jamais bordel...

J'ai frappé le couvercle.

J'ai donné des coups de pied.

J'ai savaté le bois.

J'ai tapé avec les paumes.

J'ai essayé de me tourner sur les coudes, mais je ne pouvais pas...

Bon sang, je ne pouvais pas tourner, l'espace était trop réduit, il n'y avait pas assez de place, je ne pouvais pas... Si seulement j'avais plus de place, putain, j'étais sûre de pouvoir me barrer d'ici, mais il n'y avait pas assez de place, je ne pouvais pas bouger mon coude, je ne pouvais pas le bouger, impossible, impossible...

D'accord, très bien, donc j'utiliserais mes paumes. Bon. Très bien. Voilà...

J'ai martelé le bois avec mes paumes, mais rien ne bougeait. Il ne cédait pas, ça ne servait à rien.

Mais peut-être qu'à force de coups répétés, je le fragiliserais.

J'ai frappé des pieds encore, mais c'était le même problème, putain, il n'y avait pas assez de place pour avoir le bon élan et endommager les planches.

J'ai hurlé de rage, en vain avec mes cordes vocales pétées.

Et tambouriné contre le bois encore, sans effet.

Et c'est alors que la lumière a soudain inondé l'espace sombre.

La lumière.

Et j'ai vu les griffures à quelques centimètres au-dessus de mon visage, et au moins un ongle de femme incrusté dans le bois.

Je n'étais pas la première qu'ils avaient enterrée vivante.

Oh mon Dieu, mon Dieu, ils étaient fous à lier.

Ils n'avaient aucune limite.

Ils nous haïssaient.

Ils voulaient nous torturer.

Ils aimaient ça.

Combien de femmes avaient-ils enterrées ?

Mes larmes ont jailli quand j'ai perdu la raison, et j'ai hurlé, tapé et gratté au même endroit que combien d'autres femmes ?

Et c'est alors que la terre a commencé à s'infiltrer entre les planches.

Je n'avais plus de voix, aussi c'est un couinement plaintif, inutile et terrifié que j'ai poussé quand ils ont *réellement* entrepris de m'enterrer vivante, puis ma bouche s'est remplie de terre tandis que je criais en silence, crachais et perdais la raison, mon alliée de toujours.

CHAPITRE 18

BILLARD, bourbon et fellation.

Ce sont mes souvenirs de la pièce dans laquelle nous nous sommes tous rendus après le départ forcé de Portia. La salle de billard était réservée aux membres, mais enfants, nous nous faufilions par les passages secrets qui truffaient les murs des Oléandres et nous espionnions les adultes.

Oh, j'avais hâte de recevoir les clés du royaume à l'époque.

Nous fantasmions de devenir membre de l'Ordre du fantôme d'argent. Il était certain que nous aurions notre chance à la majorité, mais ce jour semblait toujours trop loin tandis que nous observions ces hommes imposants avec leur cigare, leur richesse et leur pouvoir absolu.

J'avais désespérément voulu être l'un d'eux...

Plus maintenant.

L'Ordre du fantôme d'argent était entaché. Toxique. Totalement souillé.

Et tandis que je marchais à poil dans le couloir, j'étais fier de savoir que je ne m'autoriserais jamais à devenir l'un d'entre eux.

Jamais.

Certes, je devais faire la danse diabolique du singe pour le salut de ma sœur, mais jamais mon âme ne serait corrompue par ces hommes. Jamais.

– Sully !

Mme H m'a hélé du bout du couloir, tenant le paquet de fringues et les souliers que j'étais censé porter pour la soirée.

– Cache ta bistouquette et habille-toi immédiatement !

Le visage écarlate, elle s'est avancée vers moi très embarrassée, sinon honteuse, et m'a collé les vêtements dans les bras. J'ai essayé de ne pas sourire face à son malaise, mais c'était difficile. Surtout quand j'ai jeté un coup d'œil à Montgomery qui, de toute évidence, se retenait d'éclater de rire. Mon pote trouvait la situation aussi poilante que moi.

J'ai ouvert la bouche pour demander où étaient les vêtements de Portia, et lui dire que si elle devait être à poil, je le serais aussi. Mme H a levé la main pour m'arrêter.

– Pas un mot de plus, jeune homme ! dit-elle d'un ton suffisamment autoritaire pour que je ferme docilement mon clapet. Ta mère aurait une attaque si elle savait que je t'ai laissé te promener tout nu dans le Manoir des Oléandres. Habille-toi. Tout de suite.

Les autres membres sont entrés dans la salle de billard – certains amusés, d'autres agacés – tandis que j'enfilais un pantalon. Je n'allais pas me battre contre cette virago, et j'avais déjà choqué les membres de l'Ordre comme voulu, alors je n'ai pas vu l'intérêt de m'opposer à Mme H, qui n'hésiterait pas à me tirer les oreilles quel que soit mon âge.

– Tu ferais mieux de lui obéir, me glissa Montgomery en rejoignant les autres dans la salle.

– Je te jure, Sully, par moments... me gronda-t-elle en tournant les talons et en me laissant finir de m'habiller.

J'ai rejoint l'Ordre sans pouvoir réprimer un sourire.

Un point pour Sully Van Doren.

Je me suis servi un verre de bourbon et installé sur un siège en velours bordeaux près du feu, puis j'ai lancé à la cantonade :

– Alors, messieurs. Quelle insanité me réservez-vous pour ce soir ?

J'ai horreur de l'admettre, mais je me sentais plus à l'aise maintenant que je portais un smoking. J'avais l'impression d'avoir un peu plus de pouvoir quand j'ai posé la cheville sur mon genou, d'un air désinvolte, et me suis penché en arrière sur la chaise pour siroter mon verre en attendant la suite des événements.

Une pipe peut-être ? Bien que, bizarrement, l'idée qu'une putain de l'Ordre me suce la bite m'a retourné l'estomac. J'avais l'impression que ce serait... tromper ? Portia et moi n'étions pas officiellement exclusifs... loin de là. Et pourtant, sans pouvoir l'expliquer, je n'avais envie que de ses lèvres autour de mon sexe.

– Oui, pourquoi ne pas passer à la suite des festivités de la soirée ? proposa un Ancien en s'asseyant à côté de moi. Rassemblons-nous et profitons de notre film du soir.

Il a désigné le mur vide du côté gauche de la salle sur lequel était pointé un projecteur. Tous les membres qui tournaient en rond ont pris un siège ou se sont placés dans un endroit stratégique pour voir le film qui venait de commencer.

Les cris de Portia ont empli la salle avant que l'image

n'apparaisse sur le mur. Il m'a fallu plusieurs secondes pour comprendre la scène devant mes yeux.

C'était Portia. Une caméra vidéo la filmait dans le lieu où elle se trouvait.

En train de crier et de gratter le bois au-dessus de son visage. Elle était enfermée quelque part.

– Laissez-moi sortir ! s'étranglait-elle alors qu'une pluie de terre s'abattait sur son visage. Aidez-moi. À l'aide ! Sully ! Sully !

Le martèlement de ses mains contre sa cage en bois m'a fait bondir de mon siège, sans quitter des yeux son visage déformé par la terreur absolue.

– C'est quoi ces conneries ? Où est-elle ? tonnai-je.

J'ai cessé de fixer la projection au mur pour regarder les membres de l'Ordre en quête d'une explication, mais les cris de Portia ricochaient sur toutes les surfaces de la salle de billard. Sa détresse m'a transpercé jusqu'à la moelle tandis que l'horreur qu'elle vivait s'intensifiait.

– Où est-elle ? Qu'est-ce que vous lui faites subir ?

Je me suis jeté sur l'Ancien le plus proche. Je l'ai saisi par le col et j'ai hurlé :

– Où est-elle, putain ?

Il a haussé les épaules et m'a souri d'un air moqueur. Il savait que je n'allais pas le frapper, et même si j'essayais, les autres membres interviendraient avant que j'aie pu lui faire vraiment mal. J'ai envisagé de lui mettre un coup de poing juste pour effacer son air satisfait, mais les appels à l'aide ininterrompus de Portia m'ont incité à chercher des réponses auprès d'un autre Ancien.

– Je ne peux pas respirer, criait-elle. Je ne peux pas respirer !

– Dites-moi où elle est, hurlai-je. Ou je jure devant Dieu que je vais réduire ce manoir en cendres !

Un Ancien s'est avancé et a parlé calmement.

– Sully Van Doren, en tant que membres influents de notre société, nous sommes souvent appelés à aider les autres. C'est attendu en raison de notre rang et de nos ressources. (Il a fait un pas en avant et pointé du doigt Portia qui criait en grattant le bois. C'est ton devoir de sauver ta belle. Et de choisir comment t'y prendre. Tu peux choisir la colère et exiger des réponses que tu n'obtiendras pas. Ou tu peux choisir une méthode bien plus... (il s'est tu un instant et a souri.) Ou tu peux concrètement aider la belle.

J'ai interrogé Montgomery du regard, mais il m'a simplement fixé les yeux ronds. Il ne semblait pas en savoir plus que moi, et si c'était le cas, il paierait cher pour ne pas me l'avoir dit. Mais je n'avais pas le temps d'entrer dans leur jeu.

Je devais trouver Portia !

Je suis sorti en trombe de la salle, puis j'ai couru comme un dératé dans le parc. Mon instinct me guidait, et quand j'ai regardé au loin vers le vieux cimetière des Oléandres, situé au sommet d'une colline près d'un saule pleureur, j'ai vu des torches allumées.

Ces putains de malades l'ont emmenée dans le cimetière où gisaient les ancêtres de l'Ordre.

Je n'ai jamais couru aussi vite de ma vie. J'entendais ses cris étouffés. Ce qui voulait dire qu'ils...

Ils l'avaient enterrée vivante.

Les torches éclairaient le chemin, et la terre retournée m'a indiqué précisément où creuser. Évidemment, ces bâtards n'avaient pas laissé de pelle ni d'outils. C'est donc à quatre pattes et à mains nues que j'ai creusé frénétiquement le sol.

– Tiens bon, Portia, m'écriai-je, pas certain qu'elle puisse m'entendre.

J'aurais bien continué à lui crier des encouragements,

mais je savais que j'étais filmé et que tous les membres de l'Ordre me regardaient essayer de sauver ma belle. Je n'ai pas voulu leur offrir ce spectacle, et si j'avais su où se trouvait cette putain de caméra, je l'aurais explosée.

J'ai creusé et creusé, ayant du mal à respirer comme si j'étais moi-même enseveli sous terre à côté de Portia. Je progressais, mais pas assez vite. Il y avait un être humain en dessous, et ce qu'elle vivait en ce moment atteignait un niveau de terreur proprement inconcevable pour mon cerveau.

Je griffais le sol à m'en arracher les ongles et écorcher les doigts, mais rien n'arrêterait la vitesse et la rage à laquelle je déblayais les kilos de terre entassés au-dessus d'elle. Il aurait fallu qu'ils me tuent pour m'arrêter. Mais juste au moment où je commençais à paniquer, me disant que mes mains ne suffisaient pas et que je devrais courir au manoir chercher une pelle, mes doigts sont entrés en contact avec du bois.

Je l'ai appelée en criant, et j'ai entendu ses gémissements étouffés. Elle était vivante. Putain, merci mon Dieu.

– Je suis là. Tiens bon !

Elle est vivante, ne cessais-je de me répéter. Mais il est vrai que l'Ordre n'avait pas l'intention de la tuer. Ils voulaient juste la briser.

Et après cet enfer...

Elle serait certainement brisée.

J'ai fait une pause d'une fraction de seconde avant de soulever le couvercle, craignant que trop de terre tombe sur elle, mais je ne voyais pas d'autre moyen. Je devais la sortir de ce trou.

– Sully ! Sully !

Je l'entendais crier tout en continuant de taper sur le couvercle. J'ai collé ma bouche contre le bois du cercueil.

– Couvre-toi le visage si tu peux. Je vais ouvrir.

Sans attendre de réponse, j'ai soulevé le couvercle et extrait son corps nu et tremblant de l'enfer. D'un seul mouvement, je l'ai sortie de la tombe et l'ai serrée si fort contre moi que j'aurais pu à mon tour l'asphyxier.

Elle s'est mise à sangloter contre mon épaule, et je n'ai rien pu faire d'autre que lui caresser le dos et embrasser ses cheveux terreux.

– Je suis désolé, désolé. Tellement désolé… répétai-je en boucle.

Chaque minute passée dans cette tombe martelait mon échec. J'ai été si lent à enfiler ces putains de vêtements. Si seulement je l'avais fait tout de suite, ils auraient allumé la vidéo plus vite et j'aurais su où elle était. J'aurais pu la trouver plus tôt.

Une fois que ses sanglots ont cessé, elle s'est décrochée de mes bras et m'a regardé avec ses grands yeux ressortant sur sa peau noire de terre.

– Ne sois pas désolé. Tu m'as sauvée. Tu es venu et tu m'as déterrée. Je savais que tu me trouverais. Je le savais.

Quand elle s'est mise à frissonner entre mes mains qui refusaient de la lâcher, j'ai rapidement ôté ma veste et je l'ai enroulée autour de son corps. Au même moment, j'ai entendu un bruit qui a failli me transformer en meurtrier.

Le martèlement des cannes, alors que l'Ordre entier se frayait un chemin vers la colline comme des serpents rampant dans l'obscurité. Sans répit, les cannes ont frappé le sol, puis ils ont entonné un chant en latin. Des voix oppressantes, des yeux noirs scintillant dans les flammes des torches, et l'odeur putride de la folie pure.

L'ennemi réclamait mon âme et je refusais de lui laisser la prendre sans combattre. Le sang bouillonnant de rage, j'ai posé une Portia tremblante au sol, chargé à travers la brume obscure du mal et frappé l'homme qui, selon moi, le méritait le plus.

Montgomery Kingston s'est effondré par terre en se tenant le visage, là où mon poing l'avait frappé. J'espérais bien avoir fracassé la mâchoire de cet enfoiré.

– Espèce de fils de pute, rugis-je. Je m'attendais au pire de ces connards, mais de toi ? Toi ?

– Tu connais la teneur des Épreuves, dit Montgomery en se relevant, la main sur sa mâchoire endolorie. Et pour info, je n'avais pas la moindre idée de ce qui allait se passer. Je ne te ferais jamais ça, mon frère.

– Tu crois que ça compte, putain ? Tu oses encore m'appeler *frère* ? T'es devenu l'un d'entre eux, crachai-je. Je pensais que tu valais mieux qu'eux. Ce n'est pas parce que tu portes une cape que tu dois être aussi détraqué que ces vieilles bites molles.

– Tu essaies de devenir l'un d'entre eux aussi, rétorqua Montgomery. (Ses yeux se sont rétrécis et sa mâchoire s'est durcie.) Fais gaffe, Sully. Tu ne voudrais pas m'avoir pour ennemi.

Redirigeant ma colère, j'ai cessé de toiser Montgomery pour fixer les Anciens.

– Vous êtes contents ? m'écriai-je en reculant de quelques pas, les bras écartés. C'est le résultat que vous vouliez ? (J'ai montré du doigt Portia, recroquevillée dans ma veste, maculée de terre et tremblante.) Est-elle assez traumatisée pour vous ? A-t-elle suffisamment imploré la pitié pendant que vous buviez du bourbon et fumiez des cigares ? (J'ai tendu mes doigts à vif.) Vous voulez que je répande mon sang sur son corps nu ?

J'ai marché vers l'endroit où se tenait Portia, la bouche ouverte et les yeux vitreux de larmes sèches. J'ai ouvert ma veste, placé les paumes sur ses seins et je les ai fait glisser sur son corps en étalant mon sang dans une traînée sombre et morbide.

– Comme ça, putain de tarés ? Comme ça ? (J'ai pivoté et j'ai regardé chacun d'eux avec une fureur déchaînée.) Allez tous vous faire foutre.

Montgomery s'est avancé vers moi, un acte de bravoure vu que j'avais vraiment envie de l'étrangler.

– Calme-toi, Sully.

Il s'est approché plus près, a regardé Portia et lui a demandé :

– Ça va ?

Elle m'a rejoint et m'a pris le bras. Je ne savais pas si c'était parce qu'elle avait besoin de soutien ou pour apaiser la bête en moi qui tirait sur sa chaîne pour se libérer. J'avais envie de tuer tous ces pantins, avec leurs capes et leurs cannes.

– Maintenant, ça va, croassa Portia la voix cassée.

Montgomery a hoché la tête.

– J'ai moi-même flirté avec la mort durant mon Initiation, dit-il. Je me souviens à quel point c'était horrible. Ils ont pendu Grace à une potence. Je ne l'oublierai jamais. Mais tu dois garder ton sang-froid. Pense à l'objectif final, mec. Ne les laisse pas te pousser au point de non-retour. Ne les laisse pas te briser. Rappelle-toi pourquoi tu es ici.

– Sully Van Doren, proclama un Ancien. Tu as réussi l'Épreuve de ce soir. Il te reste une invitation à honorer pour rejoindre l'Ordre du fantôme d'argent.

– Je vous emmerde, crachai-je. Je ne serai jamais des vôtres. Jamais.

Les jambes vacillantes de Portia ont fini par lâcher. Je l'ai rattrapée juste avant qu'elle ne s'effondre par terre, je l'ai soulevée dans mes bras et emportée loin de ce maudit cimetière.

Je me battrais jusqu'à mon dernier souffle pour ne pas sombrer dans cette folie. Oui, j'avais un objectif final. Ma sœur. Je le savais. Mais je ne voulais pas me perdre.

L'Ordre m'avait-il brisé ?

Oui.

Il a détruit l'homme que je pensais être.

Il ne restait plus de cet homme qu'un monstre assoiffé de vengeance. Si je ne partais pas d'ici avec Portia, il allait y avoir un bain de sang.

Il fallait que quelque chose change. Les Oléandres étaient devenus un repaire de vipères, et je refusais d'être un serpent de plus dans ce nid.

CHAPITRE 19

LA MAGIE des bras de Sully. Après le froid, la terre et la mort de cette tombe où ils m'avaient enfermée, ses bras m'ont redonné vie et transportée en lieu sûr...

Je me suis recroquevillée contre lui. J'ai enfoui mon visage dans son torse massif et j'ai écouté ses battements cardiaques. Il était en vie et grâce à lui, je l'étais aussi.

Je voulais m'accrocher à lui et ne plus jamais le lâcher. Jamais, *jamais* le laisser partir.

Jusqu'à la fin de notre vie.

Arrivé devant la chambre, Sully a ouvert la porte à coups de pied.

J'espérais qu'il m'emmènerait directement sous la douche et me laverait avec amour. J'avais besoin qu'on s'occupe de moi. J'avais besoin d'un protecteur fort qui agisse à ma place. Après l'expérience de ce soir, j'étais une coquille vide.

Mais Sully est entré dans la chambre, a refermé la porte du pied et m'a déposée sur le lit.

Bon, d'accord, j'étais sale, mais je pouvais comprendre son besoin de se connecter immédiatement avec moi après ce que nous venions de subir. Ce nouveau programme m'allait aussi. Et j'accueillerais son sexe dans le mien à bras ouverts. En fait, je mouillais déjà en y pensant...

– Qu'est-ce que tu fous encore ici, putain ? me hurla Sully aux oreilles.

Oh là, doucement, QUOI ?

J'ai cligné les yeux d'incompréhension.

– Comment tu as pu les laisser te faire ça ? continua Sully. Qu'est-ce qui te motive au point de les laisser te traiter comme un animal qu'on enterre au fond du jardin, putain ?

J'en suis restée bouche bée. Il m'engueulait ? *Maintenant* ? Alors que je venais d'être enterrée vivante ? Il me criait dessus et m'accusait comme si c'était ma faute si ces connards m'avaient jetée dans cette caisse de merde, l'avaient ensevelie et m'avaient foutu la putain de trouille de ma vie...

J'ai applaudi lentement.

– Bravo de blâmer la victime, Sullivan Van Doren. Je suis contente que tu sois tellement supérieur. Ah, mais tu es encore *ici*, toi aussi ? Tu ne veux pas te regarder dans la glace, mon pote ? Tu t'inities pour devenir une de ces enflures qui s'amusent à enterrer vivantes des jeunes femmes innocentes. Ah, il est beau le héros !

Il est devenu tout rouge.

– Tu *sais* bien que je ne veux rien avoir à faire avec leurs conneries !

– Et tu crois que je le veux ? gueulai-je en écho — d'un filet de voix à peine audible, car je m'étais pété les cordes vocales en criant pour sauver ma fichue vie dans ce foutu cercueil, et je l'emmerdais, putain, lui et ses reproches à la con.

Je suis descendue du lit et je lui ai tourné le dos.

– Je vais prendre une douche, merde.

Puis, tout coup, il m'a saisi le bras et fait pivoter face à lui.

– Dis-moi juste pourquoi.

Ses yeux enflammés transperçaient les miens, la fureur lui déformait le visage.

– Pourquoi tu es ici ? Qu'est-ce qu'ils ont à t'offrir qui peut te faire rester après ça, putain ? Parce que j'ai beau me creuser la cervelle, je ne trouve pas la moindre foutue raison de rester après ce que tu viens de subir.

C'était vraiment un idiot. Un sacré imbécile. Il ne trouvait pas *la moindre* raison ? Il ne me connaissait donc pas mieux que ça, bon sang ? Il n'avait aucune idée de qui j'étais ? Quiconque me connaissait vraiment savait que je ne ferais jamais ce sacrifice pour moi. Que c'était forcément pour quelqu'un d'autre, quelqu'un que j'aimais.

Le culot de ce mec de m'accuser et d'être cruel envers moi alors que tout ce dont j'avais besoin c'était de l'amour et de la compassion, et une main pleine de douceur pour m'aider à prendre une douche.

Et il était encore là, à exiger des réponses alors qu'il devrait avoir de la compassion, m'accorder le bénéfice du doute, me laisser me reposer jusqu'à demain, merde, parce que je venais carrément d'être ENTERRÉE VIVANTE.

Mais Sully étant Sully, il a soupiré et secoué la tête.

– J'imagine que tu as honte d'avouer que c'est pour le fric, hein ? (Il s'est reculé avec une expression de dégoût.) Je vais me trouver une bouteille d'un truc qui m'aidera à oublier les saloperies révoltantes que j'ai vu ce soir. Profite bien de ta douche.

J'en suis restée bouche bée, encore une fois.

– Tu ne peux pas sortir de la chambre sans moi. Le règlement...

Il m'a fait un sourire cruel.

– Le règlement dit que tu ne peux pas partir parce que tu es une femme. Nous les hommes, les rois de l'univers, pouvons errer où bon nous semble. Et après ce soir, je vais me bourrer la gueule comme un sagouin, bébé, car il est temps d'oublier. T'oublier toi et oublier ce putain d'endroit de merde.

Sur ce, il est parti.

Il a franchi cette fichue porte et il est *parti*.

C'était une scène familière. La silhouette d'un homme de dos, qui franchit une porte et part sans se retourner.

J'avais vu mon père faire la même chose il y a, oh, bien longtemps.

Maman était morte depuis quelques mois et s'occuper seul de quatre filles... eh bien, ce n'était pas ce pour quoi papa avait signé, n'est-ce pas ?

C'était si facile pour eux.

Si facile de se barrer. Sans penser au bordel qu'ils laissaient derrière eux. La longue souffrance. Papa aimait la bouteille aussi. Ah tout cet oubli trouvé si facilement dans le liquide ambré. Il prenait aussi des liquides plus clairs, de la vodka à la rigueur, mais papa avait le whisky chevillé au corps.

Il avait laissé derrière lui une jeune fille de dix-sept ans, à l'aube de son dix-huitième anniversaire, avec la tâche de veiller à la santé physique et mentale de ses sœurs, et la mienne.

J'avais des projets. Je voulais aller à l'université. J'avais même décroché une bourse, car Dieu sait que nous étions fauchés. J'avais pensé pouvoir différer d'un an, mais l'année est passée et j'ai fini par réaliser que je devais renoncer à faire des études. Papa ne revenait pas. Maman était six pieds sous terre. Les filles avaient besoin d'un parent, sinon le système les prendrait, et j'avais entendu trop d'histoires horribles.

Et puis, bien sûr, il y avait Reba. Ma douce, douce Reba.

Elle ressemblait tellement à maman.

Un peu trop, comme il s'est avéré.

Parce que la même insuffisance rénale qui avait emporté maman a touché aussi Reba.

C'est quand on a appris la nouvelle que papa est parti. Dans son mot, il disait qu'il n'était pas assez fort pour recommencer — pour voir un autre être cher traverser cette épreuve.

J'ai brûlé ce foutu mot avant que Reba le voie.

Elle n'allait pas mourir comme maman.

Maman avait fumé toute sa vie, avait un diabète de type 2 et une pléthore d'autres maladies. Comment papa avait-il osé insinuer que Reba allait mourir elle aussi ?

Mais Reba a dû commencer sa dialyse beaucoup trop jeune.

La vérité, c'est qu'elle avait besoin d'un nouveau rein et elle en avait besoin de toute urgence.

Maudits soient mon père et les gènes qu'il m'a transmis, car je n'étais pas compatible pour donner à ma petite sœur ce foutu rein dont elle avait tellement besoin. Tanya non plus – possiblement la benjamine, LeAnn, l'était, mais nous n'avons pas fait le test, elle était trop jeune et n'avait pas besoin de savoir pour la maladie de sa sœur.

L'État de Géorgie était le parent pauvre du pays pour

obtenir une greffe de rein. Foutue loi de Murphy. Et il fallait que nous vivions ici.

Mais les jours étaient comptés pour Reba.

Alors, quand j'ai reçu une invitation loufoque d'un type loufoque en queue-de-pie et que j'ai réalisé que tout cela était réel, et que, telle une fée marraine, ils pouvaient exaucer tous mes vœux, même celui de placer ma petite sœur en haut de la liste pour une greffe de rein ?

Bien, évidemment j'ai signé. J'aurais fait n'importe quoi – *n'importe quoi* – pour lui donner un rein.

Et j'étais là maintenant.

Mon Dieu, j'avais besoin de me débarrasser de cette terre. *Toute* cette crasse. J'ai secoué la tête, épuisée. Une vieille rengaine a résonné dans mon esprit : *I'm Gonna Wash That Man Right Outta My Hair* (Je vais laver cet homme de mes cheveux).

Maman aimait les vieux films, et elle m'a fait asseoir devant *South Pacific* plus d'une fois. J'ai souri en y repensant, puis grimacé à cause de mes muscles endoloris.

Bon, prendre une douche.

Mais au moment où j'allais enlever la veste de Sully et me diriger vers la salle de bain, on a frappé à la porte.

Pendant une seconde, mon cœur a bondi, pensant que c'était Sully qui venait me demander pardon d'avoir été aussi con, mais ensuite, j'ai foncé les sourcils. Sully ne frapperait pas.

Je me suis approchée de la porte.

– Qui est-ce ?

– Mme Hawthorne, dit-elle d'une voix feutrée et fébrile. Portia, ma chère, c'est important. Il faut que je te parle. Laisse-moi entrer.

J'ai ouvert la porte en resserrant la veste de Sully autour de mon corps.

– Qu'y a-t-il ?

Mme Hawthorne est entrée et a refermé la porte. Puis elle a balayé la chambre du regard.

– Où est Sully ?

J'ai croisé les bras sur ma poitrine et je l'ai fixée effrontément.

– Vous avez quelque chose à me dire ou pas ?

Elle avait l'air troublée quand elle a reporté son regard sur moi.

– Oui, ma chère. Ta sœur est ici.

– Quoi ? Laquelle ?

Je me suis précipitée vers la porte.

Mme Hawthorne m'a arrêtée juste avant que je me précipite dans le couloir et quitte la pièce.

– Elle a dit s'appeler Tanya. Mais, chérie, tu ne peux pas sortir de la chambre sans Sully.

Je lui ai lancé un regard noir.

– Sully m'a plantée pour aller se saouler la gueule. Je me fous de ce que Sullivan fait ou ne fait pas en ce moment. Ma sœur a besoin de moi et vous ne m'empêcherez pas de franchir cette porte.

Mme Hawthorne a tiqué.

– Quoi qu'il en soit, tu ne peux pas te promener dans le manoir nue sous une veste. Ça pourrait perturber ta sœur de te voir si débraillée. Mets autre chose.

Mince, elle avait raison. Derrière son épaule, je me suis vue dans le miroir en pied et j'avais l'air...

J'avais l'air d'une folle. Mes cheveux étaient terreux, mon visage souillé de traînées noirâtres, et ouais, j'étais nue ou presque.

J'ai jeté la veste de Sully et j'ai ouvert la commode. Aussi vite que possible, j'ai enfilé des sous-vêtements, un jogging, des chaussettes, un sweat. Puis j'ai couru dans la salle de bain et je me suis aspergé le visage d'eau et frotté la terre avec une serviette.

Enfin, je me suis brossé les cheveux et les ai relevés en chignon.

Puis je suis revenue vers Mme Hawthorne.

– Emmenez-moi voir ma sœur.

CHAPITRE 20

SULLY

JE ME SUIS ASSIS et j'ai regardé l'eau de la piscine scintiller sous le croissant de lune, en essayant d'oublier les horreurs de la soirée. Mais rien ne peut effacer le souvenir de l'Enfer. L'état de choc passé, mon corps tremblait désormais d'une rage inextinguible.

Nous avions nagé, écorchés vifs, dans une eau à requins ce soir.

Les membres de l'Ordre étaient des requins, et nous ne pouvions rien faire pour les combattre... mais nous pouvions partir.

Pourquoi étions-nous encore là, putain ?

Pourquoi était-*elle* encore là ?

Certes, elle ressemblait aux belles du Sud typiques, les coureuses de dot au milieu desquelles j'avais grandi, mais mon instinct me disait qu'elle était différente. Elle avait prouvé qu'elle l'était... non ?

Alors pourquoi l'argent était-il si important pour elle ?

Mais si elle voulait seulement de l'argent, elle aurait accepté un chèque de ma part quand je lui ai offert. Elle était déterminée à ne pas laisser ces hommes gagner. Pourquoi ? Qu'est-ce qui la retenait ici ? Cette fille était une énigme pour moi. Elle pouvait être tour à tour butée et dure, puis douce et désireuse de mon aide, et m'embrouiller la tête comme personne. Pourquoi s'infligeait-elle tout cela ?

Assis sur ma chaise au bord de la piscine, une bouteille de vodka à la main, je me suis demandé pourquoi j'étais ici.

Pourquoi voulais-je qu'elle parte alors que je restais ? Je sillonnais les eaux tel un appât sanglant en attendant que l'Ordre se régale de ce qu'il restait de moi.

Jasmine.

Mais était-ce la véritable raison ? Si j'étais honnête avec moi-même, ce qui me retenait était autre chose que l'héritage de l'entreprise familiale pour le bien de ma sœur.

Moi non plus, je ne voulais pas donner aux membres de l'Ordre la satisfaction de me briser. Je refusais de les laisser gagner, comme Portia.

Puis, regardant la bouteille de vodka, je me suis demandé pourquoi j'étais encore sobre. Je n'avais même pas bu une gorgée. Pourquoi, bon sang ?

À cause d'*elle*.

Elle ne voulait pas que je boive.

Alors je ne buvais pas... merde, je me souciais trop de ses désirs.

J'ai entendu Mme H m'appeler en me rejoignant au bord de la piscine. Elle avait l'air à bout, mais je lui faisais souvent cet effet ces derniers temps.

– Sully ! Qu'est-ce que tu fiches ici ?

– J'avais besoin de réfléchir, dis-je en posant la bouteille intacte à côté de moi.

– Tu as laissé cette pauvre fille seule au moment où elle avait le plus besoin de toi !

Elle a planté les mains sur ses hanches et m'a regardé d'un air désapprobateur.

– Elle n'a besoin de personne. Elle est forte.

– Oh oui, elle est forte, plus forte que tu ne le penses. Mais ce n'est pas une raison pour piquer une crise comme un gamin, puis la laisser seule dans la chambre.

– Elle s'en remettra, marmonnai-je, en attendant que la colère de Mme H retombe comme un soufflé.

J'avais appris tout jeune à écouter ses reproches sans broncher, puis ensuite, elle nous pardonnait, elle nous embrassait, elle nous disait de filer.

J'ai jeté un coup d'œil à Mme H, et j'ai été saisi par son apparence. En la voyant debout devant la piscine éclairée, je me suis rendu compte qu'elle devait être une très belle femme dans sa jeunesse – et encore aujourd'hui. C'était une femme d'âge mûr maintenant, mais pas frêle. Ses rides lui donnaient un côté plus sage et mondain. Ses emportements n'avaient pas faibli depuis mon enfance, mais son caractère inébranlable me réconfortait en réalité, même quand elle était furieuse contre moi.

– Tu sais quoi, Sullivan Van Doren ? Tu peux être un vrai salopard par moments.

J'ai inhalé profondément, me préparant à recevoir un savon.

– Ton père doit se retourner dans sa tombe en voyant comment tu te conduis depuis ton arrivée aux Oléandres.

– Eh bien, remercions le Tout-Puissant pour ça, sifflai-je entre mes dents.

Mme H m'a mis une calotte, me faisant regretter mes paroles.

– Ne parle pas comme ça. Tu as peut-être des problèmes

non résolus avec ton père, jeune homme, mais il était loin d'être le diable.

– C'était un connard.

– Peut-être. Je pourrais t'accorder qu'il s'est égaré au fil du temps. Comme beaucoup de membres de l'Ordre. Mais je vais te dire une chose... au moins, ton père a perdu son chemin. Quant à toi, tu n'as même pas encore trouvé ton chemin à perdre, dit-elle, inspirant à fond avant de poursuivre. Je sais que tu fais tout ce que tu peux pour ne pas être comme lui.

– Plutôt mourir que d'être comme lui, crachai-je.

– Mais tu lui ressembles plus que tu crois.

– Mme H, je vous aime, mais je ne resterai pas assis ici à vous écouter m'insulter.

Elle s'est approchée de moi de telle sorte que je ne pouvais pas me lever sans la bousculer. Alors je suis resté assis.

– La vérité n'est pas insultante, mon garçon. Tu crois être le premier Van Doren à quitter la Géorgie pour te trouver ? (Je n'ai pas répondu, alors elle a continué.) Eh bien, non. Ton père a fait la même chose dans sa jeunesse. Il a voulu fuir comme toi, mais il est revenu pour les mêmes raisons. Votre héritage exerce un puissant pouvoir d'attraction. Quand les fantômes de vos ancêtres vous rappellent, vous n'avez pas d'autre choix que de revenir.

J'ignorais cette info sur mon père, mais ça ne changeait rien.

– Tu es un Van Doren. Tu as des devoirs et des responsabilités. Tu as une mère qui...

– Je ne suis pas ici pour ma mère, la coupai-je. Elle s'en sort très bien sans mon aide. Elle a plein de fric, de bijoux, et toutes ces conneries qui font vibrer les belles et riches salopes du Sud.

– Tais-toi, jeune homme ! vitupéra-t-elle. Tu t'entends ? Tu parles comme un gosse pourri gâté. Tu n'aimes peut-être pas tes racines sudistes, mais ne t'avise pas d'attaquer et de juger ceux qui les aiment. (Elle a désigné le manoir du doigt.) Tu ne vaux pas mieux qu'eux. Tu peux continuer de te dire que tu es mieux, mais c'est faux. En réalité, tu es un sacré trou du cul en ce moment, si tu veux mon avis.

J'ai jeté un coup d'œil à la bouteille de vodka et envisagé d'en boire une gorgée, mais j'ai craint de donner une attaque à la vieille femme.

– Traitez-moi de tous les noms. Vous avez raison. Je suis un *trou du cul*. On l'est tous, c'est pour ça que j'ai fui. J'essaie d'être un homme meilleur, mais c'est impossible en restant ici.

– Fuir ne fait pas de toi un homme meilleur. T'éloigner de tes racines et des personnes qui t'aiment n'est pas la solution. Tu fuis, tu bois, tu te bagarres avec tout le monde, et ça ne fait qu'accroître ton mal-être. Ce n'est pas mieux.

– Très bien. Message reçu. C'est bon, on a fini ?

– J'ai presque envie d'aller chercher un balai et de te rosser, espèce d'idiot. Il faut bien que quelqu'un s'en charge.

J'ai fermé les yeux et je me suis penché en arrière sur ma chaise.

– Qu'attendez-vous de moi ? Que puis-je faire de plus ? Je suis dans ce manoir même si je ne le veux pas. Je le fais pour Jasmine même si je redoute que l'entreprise la transforme en quelqu'un comme mon père. J'essaie d'être le chef de famille.

– Oui, Jasmine. Pense à cette pauvre petite quand tu prends tes décisions impulsives. Tu peux détester tes racines, mais ne lui impose pas ta haine. Elle en sera peut-être fière. Elle veut peut-être les voir grandir et s'épanouir plutôt que de pourrir dans la boue comme toi.

J'ai ouvert les yeux et je les ai plantés dans les siens.

– J'ai pigé. D'accord ? J'ai compris le message.

Mme H a tendu un doigt osseux vers moi.

– Il est temps que tu grandisses, Sully. Je pourrais rester ici toute la journée à te faire la morale, mais tu dois aller retrouver Portia et la ramener ici avant de vous faire attraper par l'Ordre et d'échouer à l'Initiation.

– Attendez... quoi ? balbutiai-je en me levant, forçant Mme H à reculer. Portia a quitté les Oléandres ?

Mme H a confirmé d'un hochement de tête.

– Tu le saurais déjà si tu n'étais pas ici à t'apitoyer sur ton sort.

Même si cela me chavirait le cœur, je ne pouvais pas lui en vouloir.

– Il était temps qu'elle parte, soupirai-je.

Dommage, nous étions si près du but. Les cent neuf jours étaient presque terminés, et putain, ce serait dommage d'avoir enduré toutes ces Épreuves à la con pour repartir les mains vides. Mais je n'imputerais pas notre échec à Portia.

L'enfer... elle aurait dû quitter le manoir dès le premier soir.

– Elle ne s'enfuit pas à cause de l'Initiation, déclara Mme H. Elle s'enfuit pour être avec sa sœur.

– Sa sœur ?

Mme H a penché la tête et étudié mon visage.

– Oui... elle ne t'a pas parlé de sa sœur ?

– Non... pourquoi elle partirait pour sa sœur ?

– Cette fille... je lui avais pourtant dit... soupira-t-elle en secouant la tête. Elle est à l'hôpital. Sa sœur est très malade. Portia a besoin de toi en ce moment. Mais elle a besoin d'un homme, pas d'un gamin.

Malade ?

Mme H m'a touché doucement le bras.

– Je te connais. Je connais l'homme que tu es et les démons que tu combats. Mais en ce moment, cette gentille petite a besoin de ta force et de ton soutien. Il est temps que tu ouvres les yeux et que tu regardes au-delà du voile d'obscurité dont tu as recouvert toute chose et toute personne. Fais en sorte que le nom des Van Doren soit respecté. Je sais que tu peux.

– Quelle maladie a sa sœur ? Pourquoi est-elle à l'hôpital ?

Ma tête s'est mise à tourner et mon corps s'est raidi. Je me suis creusé les méninges à la recherche de la mention d'une sœur malade, mais ça ne m'a rien évoqué du tout. Pourquoi Portia ne m'a-t-elle rien dit ?

– Ce n'est pas à moi de t'en parler, dit Mme H. Mais elle est à l'hôpital Saint-Joseph en ce moment.

Alors que je me préparais à rejoindre mon pick-up, que je n'avais pas démarré depuis presque cent neuf jours, je me suis retourné.

– L'Ordre sait déjà qu'elle est partie ?

Mme H a répondu non de la tête.

– Pas encore. Je n'ai rien dit et ne dirai rien. Mais tu les connais...

J'ai soupiré en réalisant que nous avions fait toute cette Initiation pour rien s'ils apprenaient son départ. Ils avaient des yeux partout. Mais merde, tant pis. Ce n'était pas eux le problème pour l'instant. Il ne s'agissait pas de l'Ordre du fantôme d'argent. Il ne s'agissait pas de moi. Il ne s'agissait pas de mes démons personnels, de mon père ou de ma famille. Il ne s'agissait pas de tout ce que je détestais.

Non. Il s'agissait de quelqu'un que j'aimais. Il s'agissait d'amour.

Il s'agissait de Portia Collins.

Elle seule comptait en ce moment.

CHAPITRE 21

J'AI SAUTÉ hors de la voiture une fois garée devant l'hôpital. Je conduisais, car je ne faisais pas confiance à Tanya pour rouler la nuit dans notre vieille Toyota Prius sur les routes sinueuses de Darlington. Inutile de prendre le risque de percuter une biche alors que Reba avait tant besoin de nous.

Mais je n'ai pas respecté la limitation de vitesse. Tanya était une experte dans l'art d'amadouer les flics et d'éviter les contraventions pour excès de vitesse, et Dieu ne pouvait pas s'acharner sur notre famille, n'est-ce pas ?

Reba avait besoin de moi et je la rejoindrais contre vents et marées.

J'avais cuisiné Tanya tout au long de la route sur son état de santé, mais je n'avais pas obtenu grand-chose d'autre que « elle est vraiment malade. » Reba avait apparemment eu une nouvelle infection urinaire, un problème *grave* pour une personne au stade terminal de l'insuffisance rénale, et Tanya l'avait emmenée à l'hôpital « juste à temps ».

J'ignorais ce que ça voulait dire. Mais c'était assez grave pour qu'elle soit venue me chercher, alors que nous savions toutes les deux pourquoi j'étais aux Oléandres.

Et j'étais terrifiée à la pensée que Tanya soit venue me chercher pour que je puisse dire adieu à Reba.

L'idée même de dire au revoir à ma petite sœur m'a mis le ventre en feu. J'ai piqué un sprint sur le parking et déboulé dans le hall en courant.

– La chambre de Reba Collins, haletai-je.

– Je sais où elle se trouve. LeAnn m'a envoyé un texto, dit Tanya derrière moi en consultant son téléphone.

Tant mieux, car la dame derrière le guichet des admissions avait franchement l'air d'avoir peur de moi, et semblait à deux doigts d'appeler la sécurité.

Je l'ai ignorée et me suis tournée vers Tanya.

– Allons-y. Où est-elle ?

Tanya a demandé son chemin, ce que je n'étais pas d'humeur à faire, puis nous nous sommes engouffrées dans l'ascenseur jusqu'au deuxième étage, et avons parcouru plusieurs couloirs au pas de course.

– Tiens bon, bébé, tiens bon, bébé, ne cessai-je de murmurer. Allez, mon petit cœur. Ça va aller.

Il le fallait. Elle avait tenu jusqu'à aujourd'hui. Nous avions toutes tenu jusqu'à maintenant. Elle allait s'en sortir.

Nous sommes finalement arrivées dans un hall, où se trouvait LeAnn, qui a bondi de sa chaise. Son maquillage toujours si parfait avait coulé et s'étalait sur ses joues. Elle avait visiblement pleuré. Elle a couru vers nous et s'est jetée dans mes bras.

– Où étais-tu ? sanglota-t-elle en me serrant. Beba est très malade. Et tu nous as abandonnées comme papa.

LeAnn l'appelait Beba quand elle était petite et n'arrivait pas prononcer le R. Ce surnom était resté depuis.

Coup de poing dans le bide. Bien sûr, Tanya et moi ne lui avions pas dit où j'allais, ni ce que j'y faisais. Je lui avais simplement dit que c'était pour Reba. J'ai passé les doigts dans les cheveux de LeAnn en la serrant contre moi, et des larmes ont fini par rouler sur mes joues.

– Tu sais que je suis partie pour essayer de trouver un nouveau rein pour Reba.

LeAnn s'est écartée de moi, les yeux pleins d'espoir.

– Tu l'as trouvé ? Elle en a besoin, Porsche. Elle en a besoin tout de suite, ou il ne servira à rien.

Double coup de poing. J'ai secoué la tête négativement, la lèvre tremblante. Après avoir quitté le manoir ce soir... non, c'était foutu. J'avais foutu ma chance en l'air. J'avais privé Reba de la chance d'obtenir un rein.

Tout cela n'avait servi à rien.

LeAnn a poussé un gémissement de chagrin et de colère, et je l'ai attirée vers moi. Elle a résisté un long moment avant de céder. Elle ne m'a pas rendu mon câlin, mais au moins elle m'a laissée l'étreindre. J'en avais besoin, même si elle m'en voulait de l'avoir abandonnée. De les avoir toutes abandonnées.

– Dis-moi. Comment va-t-elle ? demandai-je. Ils t'ont laissée la voir ?

LeAnn s'est éloignée de moi et a croisé les bras sur la poitrine. Elle a baissé les yeux au sol, ses cheveux tombant sur son visage comme un rideau qui la protégeait de mon regard.

– C'est mauvais, murmura-t-elle.

Bon sang, pourquoi tout le monde se contentait-il de me dire ça sans plus de détails ?

Mais à ce moment-là, une infirmière est sortie. Je me suis précipitée vers elle.

– Je suis la sœur aînée de Reba Collins. S'il vous plaît,

j'ai besoin de connaître son état. Que va-t-il lui arriver ? Y a-t-il un médecin à qui je peux parler ?

Une expression de sympathie est passée sur le visage de la femme.

– Je vais chercher le Dr Reynard. Patientez quelques minutes.

J'ai opiné et je l'ai laissée repartir. Elle a donné des papiers à une personne dans la salle d'attente, puis a disparu derrière une porte. J'ai arpenté le couloir en me mordant les ongles pendant les dix minutes suivantes jusqu'à ce qu'une femme d'une quarantaine d'années apparaisse.

J'ai couru vers elle.

– Dr Reynard ? demandai-je pleine d'espoir. Je suis la sœur aînée de Reba.

Elle m'a fait un sourire doux et affable.

– Elle demandait après vous tout à l'heure, mais elle dort maintenant.

Dix millième coup de poing. Elle souffrait, si malade, et me demandait – et je n'étais pas là. J'étais partie tenter l'opération de la dernière chance, et j'avais dramatiquement échoué.

– Comment va-t-elle ?

Le visage du Dr Reynard s'est assombri.

– Pas très bien. Elle est au stade terminal de l'insuffisance rénale. Une nouvelle infection urinaire a stressé son système rénal, qui ne l'a pas supporté.

– Qu'est-ce que ça veut dire, putain ? lâchai-je sèchement, puis j'ai grimacé. Merde, excusez-moi. Encore désolée, ajoutai-je en réalisant que je venais de jurer à nouveau. Alors, elle est en haut de la liste maintenant ? Elle va recevoir un rein ?

C'est alors qu'elle m'a fait l'*Expression*.

La fameuse expression que j'avais vue sur le visage d'une centaine de médecins, d'abord quand ma mère était mourante, puis plus tard quand Reba était adolescente et que nous avions découvert qu'elle souffrait de la maladie rénale qui avait emporté maman.

L'Expression qui disait : oh navré, vraiment désolé, mais on ne peut rien faire.

J'ai secoué la tête et j'ai tiré le médecin par l'avant-bras pour nous éloigner de mes sœurs.

– Non. Ma sœur a besoin ce rein. Elle mérite d'être la première sur la liste. Tanya ne m'a pas dit grand-chose, mais elle m'a raconté que Reba a perdu connaissance. Elle... merde, elle s'est effondrée. Ma mère est *morte* de cette maladie. Je ne peux aller leur dire qu'elles vont perdre leur sœur aussi. Ne m'obligez pas à aller leur dire ça. Vous êtes médecin. Soignez ma sœur !

La docteure Reynard m'a regardée avec plus de compassion que la plupart des médecins. Et j'ai compris la triste réalité. Elle travaillait de nuit dans un hôpital régional à Pétaouchnoque, en Géorgie. Voilà, voilà. Si elle ne voulait pas m'aider, qui m'aiderait, putain ?

– Il est toujours possible que les antibiotiques fassent effet et qu'elle se remette de l'infection urinaire, et je verrai alors si je peux la faire monter en statut prioritaire sur la liste, mais il y a des directives très strictes et trop de patients en attente pour si peu de donneurs...

Je me suis détournée d'elle, ne supportant plus ces mots que j'avais déjà entendus mille fois.

Et c'est là que j'ai vu Sully traverser en courant la salle d'attente, ses pas lourds résonnant encore après son arrêt, tandis qu'il me cherchait.

Ses yeux se sont posés sur moi environ trois millièmes de secondes après que je l'ai vu.

Il était venu.

Il était sorti des Oléandres, quitte à perdre tout ce pour quoi il était resté et avait vécu l'enfer, endurant tout ce qu'il détestait. Il avait tout foutu en l'air.

Pour moi.

J'ai couru à travers la pièce et je me suis jetée dans ses bras.

CHAPITRE 22

PORTIA

ILS NE M'ONT pas laissée entrer dans la chambre de Reba. J'ai dû attendre toute la nuit pour voir ma petite sœur, mon ange.

Si j'ai survécu, c'est uniquement grâce à Sully.

Après m'avoir serrée dans ses bras, il ne m'a plus lâchée. Même s'il s'est contenté de me tenir la main alors que je le présentais, un peu hésitante, à Tanya et LeAnn. Elles étaient intriguées et Tanya s'est tout de suite méfiée de lui dans ce smoking fantasque que les Anciens l'obligeaient à porter. Mon Dieu, était-ce il y a quelques heures seulement qu'il se pavanait dans les escaliers à poil à mes côtés avec tant d'assurance. J'avais l'impression que c'était il y a un siècle.

Tanya lui avait donc jeté des œillades noires toute la nuit et LeAnn le regardait comme un preux chevalier venu nous sauver. Elle avait vu trop de vieux dessins animés de Walt Disney, par ma faute.

Je savais que c'était faux. Sully ne pouvait pas plus sauver Reba que moi.

Mais il avait fait le maximum ; il était venu. Il avait sacrifié sa raison d'être intronisé membre de l'Ordre du chevalier d'argent, quelle qu'elle soit.

Il était ici.

Pour moi.

J'ai même réussi l'impossible. Pendant une heure environ, j'ai dormi contre sa poitrine en attendant les heures de visite du matin.

Et quand je me suis réveillée, j'ai vu ses magnifiques yeux bruns. Le soleil du matin entrait par la fenêtre et ses iris étaient translucides à la lumière.

Pour une fois, il n'avait pas l'air préoccupé. Pour une fois, il n'avait pas l'air fâché.

Il me regardait attentivement, semblant ressentir une émotion que je n'arrivais pas à définir. Je ne l'avais jamais vue sur son visage auparavant.

Mais alors que je clignais les yeux pour le voir plus net, il a levé une de ses grosses mains brutales et m'a caressé la joue d'un geste tendre. Si doux qu'un frisson m'a parcouru tout le corps.

– Pourquoi tu ne m'as rien dit, ma beauté ? murmura-t-il d'une voix basse et profonde.

J'ai répondu aussi honnêtement que possible.

– Tu ne m'as jamais vraiment posé de questions. Tu as juste fait des suppositions.

Il a fermé brièvement les yeux, puis baissé la tête avant d'opiner. Il m'a serrée contre lui et m'a embrassé le front. Si délicatement. Je n'avais jamais senti ses lèvres sensuelles si douces avant.

J'ai eu honte d'être si bien dans ses bras alors que ma sœur, ma sœur...

Un sanglot m'a secoué la poitrine.

Sully m'a enlacée plus étroitement.

– C'est pas grave, bébé. Tu peux me le dire maintenant.

Je devais me ressaisir pour mes sœurs. Je les ai cherchées par-dessus son épaule, en vain. J'ai tourné la tête dans tous les sens.

– Pendant que tu dormais, j'ai dit à Tanya d'emmener LeAnn finir la nuit chez vous, dit-il dans mes cheveux.

Je me suis redressée, surprise.

– Et elle t'a écouté ?

Sully m'a fait son sourire si beau, si parfait.

– Il s'avère que les filles Collins sont des sacrées têtes de mule. Elle m'a averti qu'elle me couperait les couilles si je te faisais du mal. Mais LeAnn avait besoin de se reposer, alors elle a cédé.

J'ai souri faiblement. C'était du Tanya tout craché. Puis mes lèvres se sont remises à trembler et je n'ai pas pu me retenir.

J'ai enfoui le visage dans l'épaule de Sully et j'ai pleuré toutes les larmes de mon corps.

– Reba, sanglotai-je. Elle n'a que vingt ans. Elle n'a même pas encore vécu ! J'étais censée lui trouver un rein par l'Ordre, mais j'ai foiré même ça.

Sully ne m'a pas dit « chut » ni priée d'arrêter de pleurer. Au contraire, il m'a demandé de tout lui raconter. Il se trouve qu'il savait écouter quand il le voulait. Alors je lui ai dit comment j'étais devenue une petite maman après la mort de ma mère et la fuite de mon père. Comment c'était si difficile parfois que j'avais rêvé de m'enfuir dans les pires moments. Mais Reba était la meilleure d'entre nous, et celle qui méritait le moins l'existence de merde que la vie lui avait réservée.

Curieusement, Sully a écouté et il n'a pas eu cette réaction que je détestais chez les mecs ; il n'a pas suggéré de remède miracle ni expliqué en long et en large comment il s'y serait pris différemment.

Il s'est contenté... d'écouter.

Et ensuite, après que je lui ai tout raconté et qu'il me tenait toujours dans ses bras, il m'a parlé de *sa* sœur.

Il s'avère que nous avions plus de points communs que nous le pensions.

– C'est drôle comme on se ressemble même si on est très différents. J'ai eu un père toute ma vie. Il ne nous a pas abandonnés, du moins pas comme l'a fait ton père. Mais il travaillait tout le temps, et quand il ne bossait pas, il était aux Oléandres. L'Ordre du fantôme d'agent comptait plus pour lui que ma mère, ma sœur Jasmine et moi.

– Tu as dû en baver, compatis-je.

– C'était comme ça. Mais je voulais vraiment prendre mes distances le plus tôt possible. Et c'est ce que j'ai fait. Je suis littéralement parti vers l'ouest jusqu'à ce que j'atteigne l'océan et ne puisse pas aller plus loin. La Californie était mon paradis, mais même à des kilomètres de distance, je n'ai pas pu échapper à leur vie de merde. Mon père est mort et j'ai dû revenir.

– Pourquoi ? Je croyais que tu détestais ton père. Alors pourquoi tu as ressenti le besoin de rentrer pour lui ?

– Je ne suis pas revenu pour lui ou ses funérailles. Oui, je détestais mon père, soupira-t-il. C'était un salaud d'égoïste qui ne pensait qu'à sa gueule et à son prestige. Rien de ce que ma sœur et moi faisions n'était assez bien pour lui. Il ne nous a jamais frappé ou autre, mais j'aurais préféré des baffes à la raclée verbale qu'il nous assénait les rares jours où il nous faisait l'honneur de sa présence à la maison. Je suis revenu pour offrir un soutien à ma sœur, et pour être tout à fait honnête, je suppose que je suis revenu aussi pour ma mère, de façon un peu malsaine. (Il a secoué la tête.) Ma mère ne valait pas mieux que mon père. Elle s'occupait plus de ses galas et œuvres de charité que de ses propres enfants. Mes deux parents étaient égocentriques et ils n'ont pas fait grand-chose pour nous élever. Tu peux remercier le flot continu de nourrices pour ma charmante personnalité, dit-il avec un petit sourire. Mais ma sœur était différente. Jasmine a un cœur pur, son amour pour moi est le seul véritable amour que j'ai ressenti en grandissant, et même encore maintenant. Elle est comme moi. Elle n'a pas demandé à naître dans cette cage dorée cauchemardesque.

– C'est mieux que la pauvreté, crois-moi.

Il a acquiescé de la tête.

– Peut-être. Je ne sais pas. Mais je vais te dire quelque chose : je déteste l'argent. Je déteste comment il transforme les gens. Je déteste la convoitise, la bourgeoisie matérialiste, et la soif de fric dans laquelle j'ai baigné toute ma vie.

– Alors pourquoi tu voulais devenir membre de l'Ordre ?

– Pour ma sœur. Je dois réussir l'Initiation pour hériter de l'entreprise familiale. Le Groupe Van Doren ne me revient pas automatiquement. C'est dans le testament de mon père. L'entreprise doit appartenir à un membre de l'Ordre. Si je ne suis pas intronisé par les Anciens, je perdrai tout.

J'ai vu à quel point parler de cela le contrariait. Il avait la mâchoire crispée, ses yeux s'assombrissaient à chaque nouveau mot.

– Je ne comprends pas. Tu viens de dire que tu haïssais ce milieu. Alors, pourquoi vouloir l'entreprise familiale ?

– Je n'en veux pas. Mais ma sœur, si. Et les traditions sexistes pourraves de l'Ordre l'empêchent d'en hériter. Je le fais pour elle. Et seulement pour elle.

– Mlle Collins ?

Je me suis levée d'un bon quand j'ai vu l'infirmière adorable d'hier soir.

– Oui.

– Je viens de terminer mon service, mais la docteure Reynard m'a dit de vous laisser entrer dans la chambre de votre sœur avant l'heure des visites comme vous avez attendu toute la nuit. Elle est réveillée.

– Merci !

J'ai pris Sully par la main et je l'ai tiré vers la porte qu'elle tenait ouverte. La salle d'attente était vide à cette heure.

J'étais encore chamboulée par tout ce qu'il m'avait dit.

Il était resté au manoir et avait enduré ces Épreuves horribles par amour pour sa sœur aussi. La famille signifiait quelque chose pour lui. Une grande partie de sa vie avait été façonnée par la trahison et l'abandon de son père – c'était un abandon même si cela avait pris une forme différente de celui de mon père. C'était encore plus insidieux peut-être, car il était toujours là, mais il faisait chaque jour le choix de ne pas être avec sa famille qui l'attendait à la maison, mais au travail ou aux Oléandres. Cela avait blessé Sully aussi profondément que mon père m'avait blessé en partant.

La chambre de Reba n'était plus qu'à quelques pas. J'ai laissé Sully dehors pour ne pas avoir à expliquer sa présence à Reba, préférant concentrer toute mon attention sur elle. Mais le savoir à proximité était un grand réconfort. Je ne voulais pas trop réfléchir à ce que cela signifiait... il avait été sacrément présent pour moi hier soir, et après tout ce que nous avions vécu ensemble...

Je suis entrée dans la chambre et ma mâchoire s'est décrochée quand j'ai vu ma sœur.

– Beba, m'écriai-je en utilisant le surnom affectueux de LeAnn.

Je me suis précipitée vers le lit et assise au bord, à côté de son corps frêle et diaphane.

Mon Dieu, que s'était-il passé depuis mon départ il y a trois mois ?

Elle n'avait plus que la peau sur les os.

J'ai pris sa main, elle était glaciale. Je me suis mise à la frotter entre mes paumes pour la réchauffer.

– Hé, bébé, dis-je en essayant d'insuffler de la chaleur dans ma voix.

Elle n'avait pas besoin de savoir à quel point la voir si faible me terrifiait.

Ses yeux étaient enfoncés, ses lèvres sèches, sa peau... on aurait dit qu'elle était...

On aurait dit une mourante.

Je lui ai pétri la main comme si je pouvais envoyer un peu de ma propre force vitale dans son corps décharné.

Elle a ouvert la bouche pour me dire bonjour ou prononcer mon nom, mais aucun son n'en est sorti.

J'ai secoué la tête.

– Non, ma chérie. Ça va. N'essaie pas de parler. J'ai entendu dire que tu avais eu un petit pépin et que tes jambes t'avaient lâchée. Pas cool, les guiboles. (J'ai réprimandé ses jambes du doigt, puis je lui ai souri.) Mais ta grande sœur est là maintenant. Je vais tout arranger, comme toujours.

Elle m'a regardée avec une incroyable lucidité, comme, comme... comme si elle ne me croyait pas.

Comme si je ne savais pas de quoi je parlais.

Comme si j'étais l'enfant et qu'elle était l'adulte qui comprenait les réalités des adultes, comme la maladie et la mort, alors que j'étais encore un bébé qui boxait les ombres sans aucun espoir de gagner contre elles, ni même de comprendre.

J'ai secoué la tête.

– Non, Reba. Non.

Elle a fait un sourire minuscule.

Puis ses yeux se sont écarquillés sous le choc de ce qui ressemblait à une douleur atroce. Un faible gémissement de douleur est sorti de sa gorge et toutes les machines auxquelles elle était reliée se sont affolées.

– Reba ! Reba !

J'ai crié son nom, mais elle ne pouvait pas répondre. Ses yeux étaient révulsés.

J'ai couru à la porte en hurlant.

– Infirmière ! Docteur ! *Docteur* !

CHAPITRE 23

Sully

Les murs de l'hôpital semblaient se refermer sur nous, les ombres des morts hantaient les couloirs, nous rappelant que tout le monde ne sortait pas d'ici vivant.

La sœur de Portia était mourante et je ne pouvais absolument rien faire pour l'aider. Portia avait été tellement sonnée et bouleversée quand le médecin nous avait expliqué que les infections urinaires récurrentes dans les derniers stades d'une maladie rénale créaient une complication rare dont souffrait sa sœur, blablabla. Pour faire court, si elle n'avait pas une greffe de rein, elle allait mourir.

Pour la première fois de ma vie, j'aurais aimé être mon père.

Mon père avait le pouvoir. La richesse. Il pouvait actionner d'énormes pistons.

Il aurait été en mesure de sauver la sœur de Portia.

Il aurait pu arranger les choses.

Mais en raison de mon obstination et de mon refus

répété de saisir les mains qu'on m'avait tendues, je ne savais même pas par où commencer pour obtenir un rein pour cette pauvre fille. Je ne pouvais pas me contenter de passer quelques coups de fil pour y parvenir.

J'étais impuissant.

Putain, j'aimerais être comme mon père en ce moment.

J'avais les paupières closes, mais je ne dormais pas. J'avais veillé toute la nuit. Portia dormait sur mon épaule entre deux allers-retours pour quérir des nouvelles de sa sœur. Je sentais l'épuisement me gagner, mais je craignais en m'endormant de manquer à l'appel si elle avait besoin de moi. Je ne voulais pas la lâcher, même une seconde.

Je ne pouvais peut-être pas donner un rein à sa sœur, mais je pouvais me donner entièrement à Portia.

Une tape sur l'épaule que Portia n'utilisait pas m'a fait sursauter et ouvrir les yeux.

Montgomery Kingston.

J'ai cligné des yeux plusieurs fois pour m'assurer que c'était bien la réalité et non pas un rêve distordu par la fatigue, mais quand j'ai vu l'air inquiet de mon vieux pote, et son invitation d'un signe de tête à le suivre plus loin pour parler, j'ai su que ce cauchemar était bien une réalité.

L'Ordre m'avait trouvé.

Ils savaient que Portia et moi étions partis... nous avions perdu.

J'hésitais à bouger de peur de réveiller Portia, mais elle m'a facilité la tâche en levant la tête et en regardant Montgomery.

– Ils savent qu'on est partis ? demanda-t-elle.

Il a opiné.

– Oui.

– C'était une urgence médicale, dis-je pour nous défendre.

Montgomery a hoché tristement la tête, puis il a regardé Portia avec une expression trahissant sa profonde sympathie.

– Je suis navré pour ta sœur. Quand l'Ordre du fantôme d'argent a appris... enfin, quand j'ai su... bref, je suis sincèrement désolé.

Elle l'a remercié de la tête, puis elle s'est levée. Elle s'est étirée et a fait rouler son cou.

– Je vais voir Reba et s'il y a du nouveau du côté du rein, dit-elle.

Je lui ai pris la main et je l'ai pressée, lui indiquant en silence que j'étais là si elle avait besoin de moi.

Quand elle est sortie de la salle d'attente, j'ai reporté mon attention sur Montgomery.

– Tu es venu me dire qu'on avait échoué à l'Initiation ? Ils t'ont envoyé faire le sale boulot ?

– Je voulais venir en personne. Et non, vous n'avez pas encore officiellement échoué. Ils vous demandent de revenir tous les deux aux Oléandres pour assumer les conséquences de votre départ.

J'ai frotté mes yeux ensommeillés.

– Pourquoi s'emmerder à revenir ? Franchement, je m'en fous de ne jamais remettre les pieds dans ce manoir.

– Vous aviez quasiment réussi toutes les Épreuves. Tu ne veux pas savoir s'ils vont faire une exception compte tenu de la raison de votre départ ?

– Je n'ai jamais vu les Anciens se montrer miséricordieux ou compatissants. Les règles sont les règles. Tu le sais aussi bien que moi.

– Ne t'avoue pas vaincu, déclara Montgomery en prenant le siège vide à côté de moi. Je sais pourquoi tu as fait l'Initiation. Je sais aussi pourquoi Portia était là.

– Pour un rein, dis-je. Elle l'a fait pour sauver la vie de sa sœur.

J'ai secoué la tête, me sentant si superficiel et abattu. Ma raison et la raison de chaque participant à l'Initiation semblaient si futiles en comparaison. L'Ordre du fantôme d'argent était le faiseur de rois et de rêves ; il avait le pouvoir d'exaucer le vœu de Portia. Mais ça n'avait plus vraiment d'importance maintenant. C'était trop tard.

– Comment va sa sœur ? demanda Montgomery d'une voix douce.

– Très mal. Mourante. Elle souffre énormément et le personnel fait ce qu'il peut pour la soulager, mais ce n'est pas joli. Les sœurs de Portia sont allées dormir un peu, heureusement. Mais l'état de Reba empire à toute vitesse.

– Et ils ne peuvent pas lui donner un rein ?

– Pas assez vite. Non.

Je me suis penché en avant, les coudes sur les cuisses, et j'ai passé la main dans mes cheveux. Je devais avoir une sale gueule. C'était la première fois que je passais autant d'heures d'affilée dans un hôpital, mais je n'avais pas l'intention de partir sans Portia.

J'ai secoué la tête négativement.

– J'ai essayé de passer des appels. J'ai même contacté l'Administration et j'ai fait ce que je m'étais juré de ne jamais faire de ma vie : j'ai utilisé le nom Van Doren pour obtenir un passe-droit. Ça n'a pas marché.

– L'Ordre peut obtenir ce rein, sinon ils n'auraient pas accédé à la demande de Portia avant le début de l'Initiation, raisonna Montgomery.

– Exact, on a clairement foutu cette chance en l'air. Je doute sérieusement qu'ils me donnent une glacière contenant un rein comme lot de consolation pour avoir échoué à l'Initiation.

– Tu n'as pas échoué. Tu es disqualifié, corrigea Montgomery. Et on ne le sait même pas. Ils vous demandent de revenir tous les deux pour statuer sur votre sort.

– Je ne laisserai pas Portia. Totalement impossible pour le moment. Et Portia ne laissera pas sa sœur non plus, alors il...

– On y va, m'interrompit Portia en entrant dans la salle d'attente. Reba dort et mes sœurs arrivent. On doit aller voir ce qu'ils nous veulent, dit-elle en me regardant. Il n'en sortira probablement rien... mais s'il y a une chance d'obtenir un rien... s'ils ont la moindre compassion...

Ses yeux remplis de larmes ont croisé les miens. Je ne savais pas comment lui dire que l'Ordre ne connaissait pas le sens du mot *compassion*. Il n'existait pas dans leur putain de dictionnaire.

Je me suis levé, j'ai passé un bras autour de sa taille et je lui ai murmuré à l'oreille.

– L'Ordre. L'Initiation. C'est du pipeau. Oublie-les.

– On ne peut pas, dit-elle en s'écartant et en me prenant la main. J'ai pris un engagement. Toi aussi. Faire comme s'ils n'existaient pas ne le fera pas disparaître. On doit y aller. On doit *essayer*.

Sa voix s'est brisée sur le dernier mot.

Et j'ai vu alors exactement pourquoi cette fille s'était soumise à toutes les Épreuves humiliantes, dégradantes et douloureuses que l'Ordre avait exigées d'elle. Elle ferait littéralement *n'importe quoi* pour ses sœurs. Même retourner dans la fosse aux lions la tête haute et les supplier.

J'ai inspiré à fond et j'ai regardé Montgomery.

– Appelle-les. Dis-leur qu'on arrive.

Alors que nous roulions vers les Oléandres, j'ai rompu le long silence.

– Je te promets qu'une fois qu'on sera partis d'ici, je

remuerai ciel et terre pour obtenir un rein pour Reba. Je vais voir si je peux solliciter l'aide de Montgomery et d'autres amis. Je n'ai peut-être pas le pouvoir de l'Ordre, mais je n'abandonnerai pas.

Elle regardait les rangées de chênes défiler par la fenêtre.

– La liste d'attente est longue. Très longue.

– Je sais, mais je te promets que je me battrai. Je n'accepterai pas un refus.

Elle a soupiré et fermé les yeux. Ses épaules se sont affaissées et son corps semblait si petit et fragile contre le cuir du siège. Si j'avais pu la prendre dans mes bras à ce moment précis, je ne suis pas sûr que je l'aurais jamais relâchée.

En arrivant au manoir, j'ai essayé d'ignorer ma boule au ventre. Je savais ce que j'avais à faire, et cela allait mettre à l'épreuve chaque cellule de mon être.

– Tu es sûre de vouloir y aller ?

Elle a ouvert les yeux et hoché la tête.

– On va simplement leur offrir notre vérité.

Notre vérité.

Mme H nous attendait à la porte. Elle a scruté Portia, puis elle a dit :

– Quoi qu'il arrive maintenant, je veux que tu saches que tu as pris la bonne décision. C'était très courageux, et je suis fière de vous, ajouta-t-elle en me regardant.

Elle nous a conduits à la salle de bal blanche où les Anciens étaient assis revêtus de leur cape d'argent, canne à la main, derrière une longue table. Le reste des membres flanquaient les murs, et j'ai compris ce qui nous attendait.

Le Jugement.

La Cérémonie finale.

– Sully Van Doren. Portia Collins. Vous n'avez pas atteint

les cent neuf jours requis pour terminer les Épreuves d'Initiation, déclara l'un des Anciens.

Puis il s'est levé et a frappé le sol de sa canne pour annoncer l'ouverture de la cérémonie.

Cent neuf. L'adresse des Oléandres, 109 chemin des Oléandres. Ça paraissait simple à première vue, mais un numérologue d'un autre temps s'en était donné à cœur joie : 100 plus 9. 9 étant 3x3 et 3 étant le nombre de la divinité, eh bien, c'était parfait. Passer cent neuf jours d'Initiation au Manoir des Oléandres, c'était atteindre une sorte de divinité pour entrer dans leurs rangs et être intronisé dans la confrérie, les dieux parmi les hommes, les rois des empires modernes.

En d'autres termes – Que. Des. Foutaises.

– En raison de la violation de l'interdiction de quitter les Oléandres, l'Ordre a exigé que la Cérémonie finale se déroule aujourd'hui.

L'Ancien assis à l'extrême droite de la table a pris la parole.

– Sullivan Van Doren, explique-nous pourquoi tu as enfreint le règlement de l'Ordre du fantôme d'argent et quitté le manoir.

Ces enfoirés connaissaient la réponse.

L'ancien Sully leur aurait balancé cette réponse. J'aurais été un sale con. Je les aurais provoqués. Je les aurais insultés. Je me serais battu pour moi... au lieu de me battre pour Portia... pour nous.

Il était temps que je me morde la langue et que je grandisse. Il était temps. Depuis longtemps.

– En raison d'une urgence médicale, Portia devait se rendre au chevet de sa sœur. La décision n'a pas été facile à prendre, mais on a eu le sentiment de ne pas avoir le choix, expliquai-je calmement. L'Ordre prône la loyauté, et si quelqu'un ne peut pas être loyal envers sa famille, comment peut-on espérer qu'il le soit envers l'Ordre ?

L'Ancien qui avait ouvert la cérémonie a réagi.

– La loyauté envers l'Ordre passe *avant* la loyauté envers la famille. Tu le sais bien. Un Ancien a-t-il une raison à avancer pour s'opposer à la disqualification des deux candidats ?

– Je m'y oppose, déclara Montgomery en s'avançant vers la table. Je sais que je ne suis pas un Ancien, mais je suis membre de l'Ordre maintenant. J'estime que cette décision ne devrait pas être prise uniquement par les Anciens. J'estime que chaque membre devrait avoir son mot à dire sur le sort de Sullivan Van Doren et de Portia Collins. Je demande un vote. On devrait tous avoir notre mot à dire.

J'ai pris la main moite de Portia dans la mienne. Nous ne pouvions rien faire d'autre que nous tenir face à eux et espérer qu'il nous restait une chance. Montgomery pouvait-il nous aider ?

Peu probable.

Mais peut-être...

Un Ancien a pris la parole.

– Il est spécifiquement stipulé dans notre règlement qu'aucune recrue n'est autorisée à quitter le manoir durant la période de l'Initiation pour quelque raison que ce soit. En raison de son infraction, le candidat ne peut plus revendiquer sa participation dans l'entreprise Van Doren ni rejoindre notre Ordre. La belle ne peut plus voir son rêve exaucé.

Montgomery est resté imperturbable face aux Anciens.

– Je comprends qu'il y a des règles. Mais Sully et Portia ont réussi toutes les Épreuves sans faute. Elles étaient loin d'être faciles, et ils les ont tous les deux accomplies avec le courage et le respect des règles exigés par l'Ordre. Je crois qu'ils méritent d'avoir ce pour quoi ils sont venus ici.

M. Sinclair – un Ancien qui ne m'appréciait pas trop, même si j'étais un très bon ami de son fils Walker – a frappé sa canne sur le sol pour mettre fin aux tergiversations.

– Nos dynasties incarnent le respect, le prestige et la richesse. Nous sommes l'élite, et toi, Sullivan Van Doren, tu t'es opposé à nous et à ce que nous symbolisons depuis la minute où tu as franchi la porte des Oléandres. Tu méprises nos règles et tu ne respectes pas les valeurs de l'Ordre du fantôme d'argent. Alors, te tenir devant nous en espérant qu'on aura pitié de toi et de ta belle... (il a plissé les yeux et s'est penché en avant.) Dis-nous pourquoi nous devrions avoir pitié.

J'ai scruté les Anciens à la recherche d'un indice sur ce qu'ils voulaient entendre, mais les visages n'affichaient aucune émotion. Cependant, j'ai senti que le père de Walker voulait que je plaide ma cause.

Plaider... implorer... putain, je m'agenouillerais devant eux s'il le fallait.

Alors c'est exactement ce que j'ai fait.

J'ai lâché la main de Portia et je me suis avancé vers le tribunal des Anciens. Je me suis mis à genoux et j'ai courbé l'échine, faisant une longue pause pour que l'effet ait un impact chez chaque homme qui allait décider de mon sort.

– Je reconnais que je n'ai pas respecté l'Ordre jusqu'à présent. Je n'ai pas respecté le nom Van Doren. En fait, j'ai essayé d'y échapper de toutes les manières possibles. Mais je suis ici, à genoux, pour vous *supplier* d'avoir pitié de la jeune femme qui est derrière moi. On ne peut pas achever l'Initiation, car une jeune fille innocente mourra si on perd ce temps précieux. Le vœu de la belle était que l'Ordre veille à ce que sa sœur souffrante reçoive un rein.

214 STASIA BLACK & ALTA HENSLEY

On a quitté le manoir uniquement parce que sa sœur va mourir, non en raison de mon manque de respect pour l'Ordre.

J'ai levé la tête pour regarder chaque Ancien dans les yeux.

– S'il vous plaît. Je suis un Van Doren. Mon père était l'un des vôtres. Il était votre ami, votre frère, votre collaborateur. Vous le respectiez. Et bien que vous n'ayez pas de considération à mon égard, dis-je en regardant le père de Walker, je vous demande, au nom de mon père, d'accorder la clémence à son fils. Pouvez-vous le faire pour lui ? Pour le nom Van Doren. S'il vous plaît.

Et voilà. J'étais un Van Doren et j'utilisais le pouvoir de ce nom pour obtenir satisfaction. J'appelais mon père à l'aide, ce qui était contraire à tous mes principes. Mais j'avais besoin de lui. Peut-être pas de son vivant, mais j'avais besoin de lui dans sa mort. J'avais besoin de mon héritage. J'avais besoin de mes ancêtres. J'avais besoin de ce que mon père avait travaillé si dur à construire.

Alors oui, j'aurais pu essayer d'utiliser mon nom pour faire le bien plutôt que de m'enfuir et de me cacher. J'aurais sans doute pu être un homme, ne pas combattre mon destin, mais l'embrasser.

Être un Van Doren n'était pas une malédiction. C'était un nom dont je pouvais être fier.

Il était peut-être trop tard, mais je devais essayer.

– Mon nom est Sullivan Van Doren. Ma naissance me donne le droit légitime d'être membre de l'Ordre du fantôme d'argent. Je demande respectueusement à l'Ordre de m'accorder ce droit.

Le premier Ancien qui avait frappé le sol de sa canne pour ouvrir la cérémonie l'a fait à nouveau. Le martèlement sonore du bois contre le sol en marbre s'est réverbéré dans mes genoux alors que je restais dans une position de soumission et d'humilité.

– M. Van Doren, Mlle Collins, veuillez quitter la pièce pour que nous puissions discuter de votre cas.

Il a ponctué la fin de sa phrase par un coup de canne.

Réalisant que je retenais mon souffle, j'ai expiré et je me suis levé. J'ai lancé un regard à Montgomery qui m'a fait un signe de tête rassurant avant de rejoindre Portia qui restait immobile, les larmes aux yeux.

J'ai posé la main au bas de son dos et je l'ai guidée hors de la salle de bal comme demandé.

– On ne peut rien faire d'autre qu'attendre, dis-je.

Une larme a roulé sur sa joue.

– Tu... tu... as fait ça pour moi ? Tu t'es agenouillé devant ces hommes que tu méprises ? Tu t'es battu pour nous. Tu...

Je l'ai fait taire par un baiser, ferme et possessif. J'avais autant besoin de la toucher qu'elle avait besoin de mon contact. Je me suis écarté doucement et j'ai essuyé les larmes qui coulaient de ses beaux yeux bleus.

– Il n'y a rien que je ne ferais pour toi. Pour ta sœur. Et à partir de maintenant, je serai un guerrier à ton service, même si je dois pour cela déposer les armes.

Elle m'a enlacé et a enfoui le visage dans mon cou. Du murmure le plus doux, j'ai entendu des mots dont j'ignorais la valeur pour moi.

– Tu n'es pas celui que je pensais, Sully Van Doren. Je ne pourrai jamais assez te remercier. Ce que tu as fait pour moi devant les Anciens... ce que tu as dit... je sais que ce n'était pas facile.

– Tu peux le dire. J'en étais malade, putain. Mais si ça peut les inciter à nous laisser une dernière chance, alors je veux bien leur baiser les pieds. Je ramperais sur du verre brisé pour réussir. Je ferais n'importe quoi.

J'ai caressé une mèche de cheveux qui lui tombait sur le visage et je l'ai coincée derrière son oreille.

– Je sais que je n'étais pas quelqu'un sur qui on peut compter. Du moins pas ici. Mais je vais changer. L'amour donne des responsabilités que je ne fuirai jamais. Je suis là. Je suis là pour toi. Je ne me cacherai pas. Je ne tenterai pas de m'enfuir. Je suis là.

Nous n'avons pas eu beaucoup de temps pour digérer nos déclarations d'amour respectives, car le tambourinement des cannes et l'ouverture de la porte de la salle de bal ont annoncé que les Anciens étaient parvenus à une décision.

– Quoi qu'il arrive, on est dans le même bateau, dis-je en entraînant Portia vers la salle de bal.

J'ai aperçu Montgomery dans la foule des visages, mais il a fui mon regard.

C'était mauvais signe. Quelque chose n'allait pas.

Me sentant obligé de faire preuve d'humilité, j'ai repris ma place devant eux et je me suis agenouillé. Portia m'a rejoint, et même si je ne pensais pas que l'Ordre s'attende à ce qu'une belle plaide aux côtés d'une recrue, cela montrait à quel point nous implorions tous deux leur clémence.

M. Sinclair a parlé haut et fort en leur nom.

– L'Ordre du fantôme d'argent a procédé à un vote sur la suggestion de Montgomery Kingston. Nous avons décidé que l'un de vous peut réussir l'Initiation. Mais un seul. (Il a dirigé son attention vers Portia, puis moi.) Sullivan Van Doren, nous te laissons prendre la décision. Tu peux être le vainqueur. Celui qui hérite de l'entreprise Van Doren aux conditions spécifiées par ton père et devenir un membre de l'Ordre du fantôme d'argent. *Ou* Portia Collins peut être celle qui remporte l'Initiation. Sa demande était un rein que l'Ordre est prêt à lui accorder aujourd'hui. Les dispositions en ce sens peuvent être prises immédiatement.

Mon cœur s'est arrêté et ma tête s'est mise à tourner.

Un choix. Un choix crucial.

Pas d'entreprise Van Doren. Rien à transmettre à Jasmine. Tout mon temps passé ici en vue d'atteindre cet objectif n'aura servi à rien si je choisissais le rein pour la sœur de Portia.

Nous ne gagnerions pas ensemble.

Un perdant. Un gagnant.

M. Sinclair a poursuivi.

– Je répète, vous n'avez qu'une seule possibilité. Alors, quelle sera-t-elle ? L'Ordre sera-t-il un faiseur de rois ou de rêves ?

CHAPITRE 24

J'ai ouvert la bouche, choquée. Ce n'était pas juste. C'était une urgence familiale. Ma sœur était mourante. Ces gros bâtards n'avaient-ils pas une once de compassion dans leur cœur froid et sans âme...

– Donnez à Portia le rein pour sa sœur, déclara Sully d'une voix tonitruante. Je renonce à tous mes droits sur l'entreprise de mon père.

Je me suis tournée vers lui, médusée.

– Sully, non ! C'est ton héritage. Tu viens de me dire à quel point c'est important pour ta famille. Ta mère. Ta *sœur*.

Il a secoué la tête et pris mon visage entre ses mains.

– Ce n'est pas une question de vie ou de mort, bébé. Et tu ne le sais pas encore, mais je suis vraiment motivé quand je veux, putain. Je vais m'assurer que maman et Jasmine aient de quoi vivre.

M. Sinclair a interrompu les propos de Sully.

– La décision est prise, Mlle Collins. Votre vœu va être

exaucé immédiatement. Un rein est prêt à être transporté vers l'hôpital St Mary où il arrivera dans l'heure.

Mes jambes ont flanché, mais Sully m'a rattrapé avant que je touche le sol. Était-ce réel ? Ce ne pouvait pas être réel. Après tout ce temps...

– Maintenant, quittez le manoir pendant qu'on discute des termes du rachat de l'entreprise Van Doren, poursuivit M. Sinclair. Puisque Sullivan n'en assurera pas la présidence, nous allons procéder à une vente aux enchères.

Si Sully a été interloqué par cette décision, il ne l'a pas montré. Il a enroulé mon bras autour de sa taille et m'a soutenue tandis que je chancelais en direction de la porte de la salle de bal, puis dans l'entrée, et enfin sur les marches menant dans le parc.

J'ai cligné des yeux, aveuglée par la lumière du matin.

– Ils étaient sérieux ?

– L'Ordre ne fait pas de promesses en l'air. Ta sœur aura un rein dans moins d'une heure.

J'ai immédiatement éprouvé un sentiment de soulagement et de chaleur. Reba pouvait vraiment survivre. Ces salopards fous, sadiques et puissants pouvaient vraiment accomplir des miracles. J'ai secoué la tête, perplexe.

Mais ensuite j'ai regardé Sully, encore surprise par le renoncement énorme qu'il avait consenti pour moi.

– Mais Sully, ton entreprise !

Il a haussé les épaules comme si ce n'était pas si grave.

– C'était l'entreprise de mon père, pas la mienne. Elle ne m'a jamais appartenu.

Je n'allais pas le laisser s'en tirer si facilement.

– Mais elle aurait dû t'appartenir. Par ton droit de naissance. Et celui de ta sœur. Ils n'ont pas le droit de la mettre aux enchères et...

Sully m'a gentiment pris les mains et les a pressées.

– Ils ont tous les droits. C'était le monde de mon père, et il l'aimait. Il aimait l'Ordre, le pouvoir et le prestige plus que tout. Plus que sa propre famille. Je suis sûr que le vieux salaud regarde de là-haut et approuve ce qu'ils sont en train de faire.

J'ai serré sa main plus fort. Il a regardé au-dessus de ma tête les chênes bordant la longue allée menant au portail. L'hiver brunissait leurs feuilles. Il y avait des chênes de la même espèce près de l'endroit où je vivais. Leurs feuilles tombaient brièvement, avant que de jeunes pousses vertes ne sortent au printemps, ce n'était pas des conifères. Mais des arbres majestueux, témoins des époques révolues. Une vérité à laquelle les mots suivants de Sully ont fait écho.

– Et aujourd'hui, j'ai eu un aperçu de la raison pour laquelle mon père a fait ce qu'il a fait, du moins en partie. Subvenir aux besoins de sa famille et nous donner toujours ce qu'il y a de mieux était important pour lui. Il s'est battu avec acharnement pour faire de son entreprise l'empire qu'elle était à son apogée. Ça l'a conduit trop tôt dans la tombe, mais nul ne peut dire que cet homme manquait d'ambition.

Voir les expressions contradictoires défiler sur son visage quand il parlait de son père me donnait envie d'enrouler mes bras autour de lui. Et mes jambes. Je voulais l'envelopper, le consoler et le réconforter.

J'avais de la peine qu'il ait souffert si profondément de l'absence d'un père qui n'avait jamais de temps pour lui. Je voulais retourner dans le passé, secouer cet homme et lui dire : « Vous ne voyez pas que vous avez un fils extraordinaire ? Ouvrez les yeux ! Il est incroyable ! Appréciez-le et apprenez tous les deux à vous aimer le temps qui vous reste à vivre ! Les feuilles vont tomber, votre temps sera écoulé et il sera trop tard ! »

Mais il n'existait pas de machine à remonter le temps. Et tout ce que nous pouvions faire, c'était nous aimer et apaiser les souffrances que nos parents nous avaient infligées. Oindre de baume nos cicatrices mutuelles pour qu'elles guérissent, comme guérissait ma marque au fer rouge.

– Tu sais que je t'aime, hein ? lança Sully de but en blanc.

J'ai failli m'étouffer avec ma langue, puis j'ai réussi à balbutier :

– Q-quoi ?

Il m'a regardée en souriant.

– Tu m'aimes aussi. Tu es sûrement tombée amoureuse de moi en premier.

Je l'ai frappé sur la poitrine.

– C'est faux !

Mais j'ai immédiatement ajouté d'un air hautain :

– À l'évidence, *tu* es tombé amoureux de *moi* en premier. Tu ne pouvais pas t'empêcher de me tripoter.

Il a ri, un gros rire explosif qui m'a incendiée de la tête aux pieds. *Il a dit qu'il m'aimait !* Cette pensée tournait en boucle dans mon cerveau en me procurant des petites décharges électriques. *Il m'aime !*

– Bébé, je déteste t'éduquer à la manière des hommes, mais tripoter n'est pas toujours une preuve d'amour.

Je l'ai frappé de nouveau sur la poitrine, plus fort cette fois. Et j'ai haussé un sourcil en le regardant.

– Si c'est ce que tu penses, peut-être que je ne collerai plus ce corps aussi librement contre toi à l'avenir.

Je me suis écartée, mais il m'a enlacé la taille et tiré vers lui, me plaquant contre son pelvis. Soudain, ses yeux sont devenus sérieux.

– Non, ma belle, ne fais pas ça. Et j'attends encore que tu me le dises aussi...

J'ai dégluti, ma bouche s'asséchant soudain. Mais il avait été brave, si brave, que je pouvais l'être aussi.

– Je t'aime.

Simple, direct, précis.

Environ une milliseconde après ma déclaration, ses lèvres se sont écrasées sur les miennes. Nous nous sommes embrassés, embrassés et embrassés. Mon ventre palpitait et j'étais sur le point de jouir quand nous avons entendu un raclement de gorge sonore, qui m'a fait bondir en arrière et briser le baiser le plus divin qui existait sur cette terre.

C'était Montgomery, debout au bas des marches, le sourire aux lèvres, qui nous observait.

– C'est fini. L'entreprise Van Doren a été vendue.

Sully m'a pris la main et menée vers lui.

– Comment ça s'est terminé ? À qui appartient l'héritage de mon père ?

Le sourire de Montgomery s'est élargi.

– À moi.

Sully a reculé et j'ai vu à son visage qu'il n'était pas content.

– Je ne pensais pas que tu étais un traître de fils de...

Montgomery a roulé des yeux.

– Je l'ai achetée pour la faire gérer par un fonds qui la transmettra à ta sœur quand elle aura l'âge de la diriger, tête de nœud.

Les tensions de Sully se sont immédiatement relâchées. Il m'a lâché la main pour serrer son ami dans une étreinte virile. C'était bref, mais à l'expression des deux hommes quand ils se sont séparés, c'était intense.

– Merci, mon frère, dit Sully.

Montgomery a hoché la tête.

– De rien.

– Alors c'est bon ? s'enquit Sully. Je vais pouvoir partir en m'en tirant à si bon compte ?

– Ben, tu n'as pas le droit d'être membre si c'est ta question.

Sully a ri amèrement.

– Oh zut, je n'ai pas le droit de me balader en cape et d'effrayer les pauvres femmes qui sont chassées comme des bêtes et enterrées vivantes ? Désolé vieux, c'est ton truc, pas le mien. Je serai heureux de voir ce putain de manoir s'éloigner dans mon rétro. Sans regret.

Montgomery a grimacé à ces évocations, mais Sully n'a pas relevé. Je savais qu'il était encore furieux des sévices cruels que j'avais subis sous ce toit et sur la propriété. Sincèrement, je n'imaginais pas Sully faire partie de l'Ordre.

Montgomery s'est penché en avant, le front plissé.

– C'est dommage parce que j'essaie de changer l'Ordre de l'intérieur, et j'aurais pu utiliser l'énergie d'un chic type comme toi.

Sully a secoué la tête.

– Je n'ai pas la patience pour ces conneries. Quand je vois un truc pourri, j'ai envie de le péter, pas de le réparer.

Montgomery a opiné, choisissant avec sagesse de ne pas poursuivre le débat.

Mais quand Sully l'a étreint de nouveau, j'ai entendu les mots étouffés qu'il a murmurés à Montgomery.

– Mais merci, mon frère. Tu as ma gratitude éternelle pour ton action d'aujourd'hui. Rien ne changera jamais ça.

Quand ils se sont séparés, j'ai vu que Montgomery était ému et essayait de le cacher. Il s'est raclé la gorge, puis il a jeté un pouce par-dessus son épaule pour montrer le manoir derrière lui.

– Bon, je ferais mieux d'y retourner. Ils sont en train de

rédiger la paperasse pendant qu'on parle.

– Et le rein, pépiai-je, soucieuse d'obtenir une confirmation. Il est vraiment en route pour l'hôpital ?

Montgomery a souri.

– Ils préparent ta sœur pour l'opération en ce moment même.

J'ai saisi la main de Sully.

– Oh mon Dieu, on doit y aller ! Il faut qu'on arrive à temps !

Sully a dit au revoir à Montgomery par-dessus son épaule alors que je le traînais vers son pick-up pour effectuer les vingt minutes de route jusqu'à l'hôpital.

Il m'a caressé le genou d'un geste circulaire réconfortant durant tout le trajet.

◦∿◦

Ne vous arrêtez pas maintenant.
La série *Beautés brisées* continue avec
Opulente obsession
Envie de lire l'histoire de Rafe Jackson ?

Opulente obsession
Amazon: https://geni.us/OpOb-FR-n
Apple: https://geni.us/OpOb-FR-a
Barnes & Noble: https://geni.us/OpOb-FR-bn
Kobo: https://geni.us/OpOb-FR-k
Google: https://geni.us/OpOb-FR-g

◦∿◦

Vous voulez un épilogue bonus du point de vue de Rafe ?
https://BookHip.com/TPKZGND

AUSSI DE STASIA BLACK

Dark Contemporary Romances

Série beautés brisées

Péchés élégants [https://geni.us/PeEl-FR-w]

Mensonges sublimes [https://geni.us/MeSu-FR-w]

Opulente obsession [https://geni.us/OpOb-FR-w]

Série Sombre Amour

À vif [https://geni.us/AVif-FR-w]

Brisée [https://geni.us/Br-FR-w]

Fais-moi mal [https://geni.us/FaMo-FR-w]

Série Stud Ranch

La vierge et la bête [https://geni.us/LaVi-FR-w]

Hunter [https://geni.us/Hu-FR-w]

La vierge d'à côté [https://geni.us/LaViDa-FR-w]

Gratuit

Indécent: https://BookHip.com/NRZLTLF

AUSSI DE ALTA HENSLEY

NEC PLUS ULTRA

LUXURE ET WHISKY: www.amazon.fr/dp/B08MVBPR5I

FUREUR ET VODKA: www.amazon.fr/dp/B08RMVZ6RT

IDÉE FIXE ET EAU-DE-VIE: www.amazon.fr/dp/B08RY8ITTJ

TÉNÉBRES & PUR MALT: www.amazon.fr/dp/B08XN35488

CAPTIVE VOW: ÉTERNELLE CAPTIVE:
www.amazon.fr/dp/B08P9XCK4G

À PROPOS DE STASIA BLACK

Stasia a grandi au Texas, s'est gelée dans le Minnesota pendant cinq ans et connaît aujourd'hui le bonheur de vivre sous le soleil de la Californie, qu'elle ne quittera jamais.

Elle aime écrire, lire, écouter des podcasts et s'est récemment remise au vélo après une période sabbatique de vingt ans (des bosses et des bleus le prouvent). Elle vit avec son premier supporter, aka son beau mari, et leur fils ado. Ouah, taper cette phrase ne la rajeunit pas ! Et écrire sur elle à la troisième personne a un petit côté schizo, mais bon... revenons à nos moutons.

Stasia est fascinée par les histoires romantiques complexes. Elle veut percer le vernis des êtres et fouiller leurs côtés obscurs, leurs motivations malsaines et leurs désirs les plus secrets. En résumé, elle crée des personnages qui provoquent en alternance les rires, les vilaines larmes, donnent envie aux lecteurs de lancer leur Kindle à travers la pièce... avant de tomber amoureux d'un nouveau héros romantique.

～

Pour rester informé de l'actualité et des ventes de livres, abonnez-vous à la newsletter française de Stasia: https://www.subscribepage.com/stasiablackfrenchnewsletter

facebook.com/StasiaBlackAuthor

twitter.com/stasiawritesmut

instagram.com/stasiablackauthor

goodreads.com/stasiablack

À PROPOS DE ALTA HENSLEY

Alta Hensley est une auteure de thrillers romantiques et de romances dark, classés best-sellers par le USA Today.

Alta a toujours grand plaisir à recevoir les commentaires de mes lecteurs, n'oubliez pas de la contacter sur

Newsletter: readerlinks.com/l/1804125
Website: www.altahensley.com
Facebook: facebook.com/AltaHensleyAuthor
Twitter: twitter.com/AltaHensley
Instagram: instagram.com/altahensley
BookBub: bookbub.com/authors/alta-hensley